P9-EED-633

TIRE-M'EN DEUX, C'EST POUR OFFRIR

DU MÊME AUTEUR

Dans la même collection :

Laissez tomber la fille.
Les souris ont la peau tendre.
Mes hommages à la donzelle.
Du plomb dans les tripes.
Des dragées sans baptême.
Des clientes pour la morgue.
Descendez-le à la prochaine.
Passez-moi la Joconde.
Sérénade pour une souris défunte.
Rue des Macchabées.
Bas les pattes.
Deuil express.
J'ai bien l'honneur de vous buter.
C'est mort et ça ne sait pas.
Messieurs les hommes.
Du mouron à se faire.
Le fil à couper le beurre.
Fais gaffe à tes os.
A tue... et à toi.
Ça tourne au vinaigre.
Les doigts dans le nez.
Au suivant de ces messieurs.
Des gueules d'enterrement.
Les anges se font plumer.
La tombola des voyous.
J'ai peur des mouches.
Le secret de Polichinelle.
Tu vas trinquer, San-Antonio.
En long, en large et en travers.
La vérité en salade.
Prenez-en de la graine.
On t'enverra du monde.
San-Antonio met le paquet.
Tout le plaisir est pour moi.
Du sirop pour les guêpes.
Du brut pour les brutes.
J'suis comme ça.

San-Antonio renvoie la balle.
Berceuse pour Bérurier.
Ne mangez pas la consigne.
La fin des haricots.
Y'a bon, San-Antonio.
De « A » jusqu'à « Z ».
San-Antonio chez les Mac.
Fleur de nave vinaigrette.
Ménage tes méninges.
Le loup habillé en grand-mère.
San-Antonio chez les « gones ».
San-Antonio polka.
En peignant la girafe.
Le coup du père François.
Du poulet au menu.
Le gala des emplumés.
Votez Bérurier.
Bérurier au sérail.
La rate au court-bouillon.
Vas-y Béru !
Tango chinetoque.
Salut, mon pope !
Mange et tais-toi.
Faut être logique.
Y'a de l'action !
Béru contre San-Antonio.
L'archipel des Malotrus.
Zéro pour la question.
Bravo, docteur Béru.
Viva Bertaga.
Un éléphant, ça trompe.
Faut-il vous l'envelopper ?
En avant la moujik.
Ma langue au Chah.
Ça mange pas de pain.
N'en jetez plus !
Moi, vous me connaissez ?

Emballage cadeau.
Appelez-moi chérie.
T'es beau, tu sais !
Ça ne s'invente pas !
J'ai essayé : on peut !
Un os dans la noce.
Les prédictions de Nostrabérus.
Mets ton doigt où j'ai mon doigt.
Si, signore.
Maman, les petits bateaux.
La vie privée de Walter Klozett.
Dis bonjour à la dame.
Certaines l'aiment chauve.
Concerto pour porte-jarretelles.
Sucette boulevard.
Remets ton slip, gondolier.
Chérie, passe-moi tes microbes !
Une banane dans l'oreille.
Hue, dada !
Vol au-dessus d'un nid de cocu.

Si ma tante en avait.
Fais-moi des choses.
Viens avec ton cierge.
Mon culte sur la commode.

Hors série :

L'Histoire de France.
Le standinge.
Béru et ces dames.
Les vacances de Bérurier.
Béru-Béru.
La sexualité.
Les Con.
Si « Queue-d'âne » m'était conté.

Œuvres complètes :

Dix-huit tomes déjà parus.

TIRE-M'EN DEUX, C'EST POUR OFFRIR

Très beau roman
par

SAN-ANTONIO

ÉDITIONS FLEUVE NOIR
6, rue Garancière - PARIS VIe

© 1979, « Éditions Fleuve Noir », Paris.

ISBN 2-265-01045-6

Pour Pierre QUET,
*   En souvenir de notre nuit de Chine et*
de ce qui s'ensuivit.
*   Archi-amicalement.*

San·Antonio

PETITE SUITE BÉRURÉENNE

— Qu'est-ce que tu fais, ma jolie?
— Je suppute.
— Y'a pas de sots métiers.

**
*

— Il est trop cradingue pour venir à la soirée.
— Et si y s'nettoie?
— Si y s'nettoie, c'est donc ton frère!

**
*

C'est bon de manger, hein, ma chérie? Ça fait digérer.

AUTOMNALE

La pluie rageait sur notre tonnelle. Je contemplais les vieux ceps tordus auxquels s'agrippaient farouchement d'ultimes feuilles.

Le raisin que donne notre vigne fait grincer des dents; pourtant, j'aime sa saveur aigrelette. Chaque grain est plein de gros pépins durs comme des plombs de chasse. Quand tu as recraché la peau inavalable et lesdits pépins, ne te reste en bouche que ce goût vinaigré. Je suis seul à manger notre récolte. M'man s'est avouée incapable de consommer la moindre grappe. Et le petit Toinet, notre moutard recueilli, a pleuré comme un veau, le jour où je lui en ai fait déguster. Dans le fond, c'est bien d'avoir un vignoble pour son usage exclusif. Même les piafs respectent ma vigne. Ils ne sont pas fous.

La pluie rageait, embarquée par des bourrasques brutales. Elle tombait à peu près droite, et puis une giclée de vent la propulsait contre notre maison et, d'un seul coup, les vitres de la croisée devenaient opaques.

C'était la fin de la journée, quand les pénombres automnales prennent possession. Le salon avait un air pas catholique dans cette lumière de sépulcre. Il semblait un peu hostile, ce qui est rarissime chez nous, à Saint-Cloud, où tout, au contraire, respire le calme ouaté. Il y fait douillet comme chez une vieille fille de province. Je me souviens d'une où je fréquentais, jadis, sous prétexte qu'elle était encore un peu notre cousine du côté de M'man. Il me reste dans le pif l'odeur de sa cuisine. Ça sentait la confiture de coing. Une vieille horloge à balancier racontait l'éternité sur deux notes. Un gros chat gris et blanc roupillait sur le coussin jaune d'un fauteuil d'osier. Il avait toujours froid, ce greffier. Et il a eu une fin tragique : il s'est glissé dans le four de la cuisinière qu'Edmonde venait d'allumer. Là-dessus elle a fermé la porte du four et s'en est allée à la messe. La grande : celle qui dure plus d'une plombe. De profundis pour minet, ce gros con frileux.

A un moment donné, la sonnette de la grille s'est mise à tintinnabuler comme une perdue à l'autre bout du jardin. Je me suis penché. Je n'ai distingué qu'un pébroque à travers l'écran de flotte. M'man est sortie sur le perron pour crier d'entrer. J'ai vu surgir une silhouette claudicante, celle d'une forte femme vêtue de sombre qui avançait en mettant son parapluie devant elle comme un bouclier.

On parlementait dans le vestibule.

Bientôt, Félicie a entrouvert la porte du salon.

— Tu peux venir, Antoine?

Elle avait l'air navré et la voix comme pour des condoléances.

Je l'ai rejointe.

Une dame se tenait sur le pas de la porte, une grosse sexagénaire mal fagotée et variqueuse. Elle restait de profil à cause de son pépin qu'elle gardait ouvert. Sa frime me disait quelque chose.

— C'est Mme Mayençon, notre voisine, a dit M'man.

Notre pauvre baraque est cernée maintenant

d'odieux immeubles tentaculaires, un bon millier de personnes nous co-habitent, mais pour ma Félicie, cette grosse dame demeurait « notre » voisine.

L'arrivante chialait curieusement, en gonflant ses joues. De temps en temps, ça s'échappait, et elle faisait « bouaoufff » ou un truc de ce genre par nécessité, afin de se remettre les poumons à jour. C'était infiniment pitoyable et ridicule.

— Son mari vient d'avoir une attaque, a expliqué ma merveilleuse femme de mère, tu veux bien aller voir pendant que je téléphone à leur docteur?

J'ai filé le train à la gravosse, sous la flotte. Ma Vieille m'hurlait de prendre mon imperméable, mais je lui répondais que « ça va bien je m'abrite sous le parapluie de Madame ». Elle me foutait la pointe des baleines dans les falots, à vouloir m'héberger sous son riflard, cette vieille conne. Je trottinais, le dos rond, à son côté. Tout en chougnant, elle me racontait les circonstances. Ils étaient à table, parce qu'ils mangent toujours de très bonne heure depuis que Clovis a vendu son magasin de photographe. Ils bouffaient des châtaignes au lait, vu qu'ils sont d'origine auvergnate. Et puis le Clovis s'est dressé sur sa chaise en faisant « Holà, holà ». Et puis il a voulu se lever, mais tout ce qu'il a fait, c'est chuter de son siège. Elle a voulu le relever, mais elle a entendu dire qu'il est recommandé de ne pas toucher les gens dans ces cas-là. Simplement, elle lui a glissé un oreiller sous la tête, lui a mis une couvrante sur le corps et elle est partie chercher de l'aide. Bon Dieu, est-ce qu'elle avait pas oublié ses clés, dans l'affolement? Non, les voilà. Et dire qu'on va peut-être le retrouver mort, Clovis!

Mais Clovis vivait toujours. Tant bien que mal, certes. Il respirait menu en geignant car ça lui causait une douleur atroce de respirer, ce pauvre bonhomme. Il s'agissait d'un petit être grisâtre, rêcheux, avec plein de subtiles et douteuses odeurs sur toute sa personne. L'intérieur de ses doigts était brun foncé, mais ça ne devait pas provenir de la nicotine car les deux mains avaient ce même aspect. Sans doute les produits chimiques utilisés dans sa profession? Il portait un tricot de laine gris par-dessus un maillot de corps gris aussi (mais là c'était la crasse), un vieux futal élimé, qui accompagnait un veston noir, jadis, probablement, lorsqu'il se mettait en grande tenue pour aller tirer le portrait aux mariés huppés. Sa vioque avait dégrafé le pantalon et on voyait son vieux calcif dégueu, pas racontable le moins, qui émergeait dans ses charentaises.

— Ne bougez pas, le médecin va venir, ai-je dit en m'agenouillant sur le plancher.

Il m'a regardé, en biais car il se tenait sur le côté gauche. Son regard contenait une infinie résignation. Il acceptait la situasse, philosophiquement.

— Vous êtes LE commissaire? a-t-il haleté.

— Oui, monsieur Mayençon...

Il me connaissait, bien que je n'eusse aucun souvenir du bonhomme. Lui, il avait le temps de regarder ses voisins. Son environnement avait de l'importance. Pour moi qui galope sans cesse, les gens sont une sorte de toile de fond anonyme, un camaïeu de tronches ternasses.

— Je vais mourir, a-t-il dit.

Je me suis efforcé de rire.

— Si tous les gens qui font une petite crise cardiaque devaient en mourir, notre planète serait moins surpeuplée.

Sa vieille s'est mise à hurler que « non, Clovis, t'as pas le droit, et qu'est-ce que je deviendrais sans toi? ».

Je lui ai conseillé d'aller préparer la chambre, vu

qu'on coucherait son julot lorsque le toubib se
pointerait. Cela dit, je me gaffais que l'homme de
l'art le parachuterait droit sur l'hosto le plus proche,
vu son état critique, le père Mayençon.

Quand sa bergère a été sortie, il m'a dit :

— Vous voyez cette grosse armoire?

Elle était rustique, très chouette : pointes de
diamant! Elle tenait tout un pan de mur.

— Eh bien?

— Dans le tiroir du bas, tout au fond, vous
trouverez une grande enveloppe jaune. Allez la
chercher.

Je lui ai obéi. Y'avait un de ces chenis démentiels
dans le tiroir : de tout, plus le reste. Et ça se tenait
par la perruque! Les Mayençon, l'ordre, c'était pas
leur souci prépondérant. La grosse aux varices devait
faire son ménage avec une fourche. Néanmoins, j'ai
mis la main sur l'enveloppe en question. Elle avait
déjà servi et d'aimables taches de toute nature la
constellaient. Elle était assez épaisse.

Je l'ai ramenée au gars Clovis. Il ne pouvait pas
l'emparer dans son état. Il souffrait comme une
vache, le pauvret. Il se payait un chouette infarctus,
probable, et ça tumultait vilain dans ses pipe-lines.

— Gardez-la, m'a-t-il dit. Vous en ferez ce que
vous voudrez. Moi, je n'ai jamais osé.

Là-dessus, le médecin s'est pointé, un jeune, très
autoritaire. Il m'a demandé de prévenir les ambu-
lances Dugenoud. Et pendant ce temps, il a fait une
piqûre au vieux photoman. On a embarqué le Clovis
vite-fait, sa bergère est montée dans la C.X. blanche
à croix bleue, et fouette-cocher, l'attelage est parti.

Il n'est pas clamsé de sa crise, m'sieur Mayençon.
Il s'en est remis tant mal que bien. D'après Félicie
que la future veuve tient au courant de l'évolution, il
se gave de trinitrine (On l'appelle Trinitrine) et n'en
branle plus une datte. Au point qu'il refuse de coller

un timbre sur une lettre ou de se beurrer une
biscotte, tant il redoute tout effort physique.

Moi je ne l'ai pas revu, Clovis. Et pourtant,
j'aurais eu beaucoup de choses à lui apprendre
depuis qu'il m'a remis sa foutue enveloppe.

Mais c'est curieux : je n'ai pas envie d'en parler
avec lui. Il a été l'œil du destin. Point à la ligne.

Un œil, qu'est-ce que tu veux lui dire ?

*
* *

Je suis trempé comme un lavement usagé en
arrivant à la maison. Félicie qui me guigne depuis la
lourde me parle de mon imperméable accroché à la
patère du vestibule. Je n'avais qu'un geste à faire
pour le prendre, et puis non, et puis voilà. Et ce sera
sûrement un rhume, voire une angine, moi qui m'en
paie tant et plus.

Je grimpe me changer tandis qu'elle me prépare un
grog.

— Et ce pauvre M. Mayençon ? me demande-t-elle
à la cantonade.

— Entre la vie et la morgue, M'man, lui lancé je,
parodiant sans vergogne (je n'en possède pas, ayant
offert la dernière vergogne qui me restait au zoo de
Jean Richard) l'un de mes plus fameux titres.

J'ôte ma veste, ma limouille. Le reste.

Un petit coup d'eau de Cologne généralisé. Ça
réchauffe et c'est pas la môme Sonia avec qui j'ai
rancard tantôt pour une petite séance de dégoupil-
lage de grenade à manche qui s'en plaindra.

L'enveloppe jaune gît sur mon lit. Je l'ouvre sans
entrain, ne m'attendant à rien de bien frémissant.
Des gonziers comme Clovis, ça moisit tout au long
de notre parcours. Ils naissent, ils végètent, ils
meurent. Leur vie, c'est même pas l'idée qu'ils s'en

font. Juste un moment sans histoire, entrecoupé de traites, de maladie, et de petites haines mitonnées.

Et puis cette enveloppe souillée me dégoûte. Elle sent le misérabilisme de ces gens. Elle évoque les varices à Madame, le tricot cradingue à Monsieur, la statuette de faux ébène représentant une tête de négresse, qui trône sur leur buffet Henri Two.

Ça ragoûte pas, un truc pareil. T'en as marre de l'humain à tripoter cette relique. Tout leur est merde à ces cons. Ils sont merdiques de père en fils. Ils suent la merde.

Bon, n'empêche, j'ouvre sa bon Dieu d'enveloppe. Elle contient, deux points à la ligne :

Une grande photographie en noir et blanc, format 18 × 24.

Une autre photo d'un format plus petit.

Un négatif épinglé à un carton.

Trois coupures de presse dont la première constitue trois colonnes à la une d'un quotidien.

Je te reprends maintenant dans le détail.

La grande photo représente un sous-bois. Il y a une espèce de petite clairière traversée par un chemin cavalier. Effet de ciel, plongée oblique du soleil dans les frondaisons. Tu te crois à l'opéra, dans Faust, au moment que Mister Satan va se pointer pour répondre à l'invocation du vieux kroum qu'à lui la jeunesse. Mais attends, je m'écarte déjà, je suis l'écolier buissonnier type. Un brin de lilas par-dessus un mur? J'escalade le mur. Une brèche dans une palissade? J'abandonne la route. Incorrigible. Le jour de mes funérailles, je te recommande, si tu avises, en cours de cimetière, un coinceteau plus propice, le genre buisson touffu, tu glisses le pardingue de sapin à travers les ronces, je m'occuperai du reste. Promis?

Et alors je te disais : sous-bois, clairière, chemin cavalier, rais de soleil pour Grotte de Lourdes (Oh!

la belle Dame Bleue!). Plus deux personnages. Mais
on sent, à mater ce cliché, que ce ne fut pas eux le
point d'intérêt pour le photographe. Lui, il bichait
son pied à capter cette trouée lumineuse dans la
forêt. Il avait réglé son objectif pour se payer une
super photo de calendrier. Et puis, sous un chêne, un
couple. Et je vais te dire, ce couple, il est clair et net
(clarinette, dirait Bérurier) qu'il s'étreignait au
moment où le gars Clovis (car je suppose que c'est lui
l'auteur de la photo) s'est pointé avec son Leïca.
Dérangés dans leur bisou mouillé, l'homme et la
femme se sont légèrement désunis pour regarder en
direction du photographe.

Deuxième photographie, il s'agit d'un extrait de la
précédente. Au développement, Clovis s'est aperçu
qu'il avait pris ce couple en même temps que ses
majestueux effets de lumière pour cathédrale gothique dans une illustration d'Hugo. Alors il a sélectionné les deux visages et les a agrandis. Une marotte
de pelliculeur pointilleux. On distingue assez nettement les deux frimes qu'éclairaient le halo du faisceau
solaire. L'homme est un sexagénaire aux cheveux
argentés, de belle allure. Regard hautain, très clair,
surmonté de sourcils épais mais bien dessinés. Joues
creuses, lèvres sensuelles. Nez un tantisoit bourbo-
nien. La femme est infiniment plus jeune. Sans doute
n'a-t-elle pas atteint la trentaine. Elle est brune,
distinguée, avec je ne sais quelle expression imper-
tinente sur toute sa physionomie. Coiffée d'une
manière archaïque puisqu'elle porte une raie médiane
et des bandeaux sur les oreilles, façon George Sand.

Au dos de la photo, je lis, écrit en caractères
penchés et à l'encre violette : *Forêt de Goupillette, le*
dimanche 4 avril 1976 à environ 15 heures.

Le négatif épinglé au carton est celui de la photo.

A présent, passons aux coupures de presse.

Je commence par la plus grande. Deux choses te sautent aux yeux à t'en énucléer, mon frère (1).

Le titre d'abord, et puis la photographie illustrant le papier.

Titre : « *Assassinat d'un châtelain solognot* »

Photo : Elle représente l'homme figurant sur le cliché artistique de Clovis Mayençon.

Je lis le papier et aussi sec je le résume : le dimanche 4 avril (1976, je suppose), le comte Clotaire de Bruyère faisait une promenade à cheval dans la forêt de Goupillette, selon son habitude. En fin de journée, son bourrin est rentré seul au château de Bruyère-Empot. Inquiet, son personnel a donné l'alarme. Des recherches immédiatement entreprises ont permis de découvrir le cadavre du comte dans une clairière. Le châtelain avait reçu deux balles dans le cœur, tirées à bout portant. Les premières constatations du médecin font remonter le meurtre entre 15 et 16 heures.

Là, je marque une pause pour laisser passer une page de publicité :

Si vous trouvez la vie trop rose...
Lisez « Fleuve Noir »

Dans la série Grands Romans,
des auteurs de talent :
Frédéric Valmain, Serge Jacquemard, etc.

En vente partout, et ailleurs.

Que t'ajouter au plan du détail ?

Le calibre de l'arme ? Un 9 m/m bougniphasé. On n'a pas détroussé le comte ; d'ailleurs, quand il

---

(1) Note pour l'imprimeur : laisse, j'écris frére avec un accent t'aigu parce que j'ai l'accent pied-noir par instants.

montait il n'emportait pas d'argent. On a retrouvé
sur lui sa montre Piaget, sa chevalière portant
l'écusson de la famille et sa gourmette Cartier.

Je reviens au portrait, le compare à la seconde
photographie de Clovis. Pas d'erreur, c'est le même
homme. Sur la photo du journal il est plus jeune de
quelques années. Ça le montre comme ça, en
costume de ville, cravate, légion d'honneur. Tandis
que sur le cliché pris par Mayençon, il est en tenue de
centaure : limouille à jabot, veste à petits carreaux et
col de velours noir, culotte de cheval. Il a une bombe
ainsi qu'une cravache sous le bras.

Qui est le comte Clotaire de Bruyère?

Un encadré en italique nous l'apprend : vieille
famille solognote, alliée aux plus grands blazes de
France et de Navarre. Le château de Bruyère Empot
est du 14e, refait au 17e, bricolé un chouïa au 19e.
Le comte était âgé de 62 bougies. Divorcé d'avec une
actrice épousée dans un moment d'euphorie. Pas
d'enfant. Il vivait seul avec ses gens. Il était passionné de langues orientales et traduisait des manuscrits mandchous, kroums, locdus etc... On ne lui
connaissait pas d'ennemis.

C'est laconique, la vie d'un mec, vue de l'extérieur.
Tu l'enjambes facile. Lui passe outre sans t'en rendre
compte.

Je prends la seconde coupure qui doit dater du
lendemain, bien qu'aucune date ne figure. On
annonce que la police, sous les ordres du commissaire Guignard, est sur une piste. N'a pas fait long
feu, la police. Tout de suite, vraoum! La chaude
piste! Taïaut, tayaut (1). On est en Sologne, oublille
pas. Le suspect n'est autre que le neveu du comte,
Gaspard d'Alacont, un traîne-lattes de luxe, dra-

(1) Ça s'écrit des deux façons.

gueur, drogué, tête de lard, cent dix accidents de
voiture, seize arrestations pour coups et blessures
dans des boîtes. Le vilain coco très abominable,
répudié par sa famille, chèques sans provise à
répétition, conseil de tutelle, la lyre...

Ce dimanche 4 avril, Gaspard s'est pointé au
château de son tonton. Il n'avait pas rendu visite à
son parent depuis plusieurs années. Etait aux abois.
Voulait lui implorer de la fraîche pour éviter un
scandale de plus.

Bon, il est arrivé en début d'aprême au château de
Bruyère-Empot. L'oncle bourrinait en forêt. Le
neveu a décroché un fusil de chasse et a annoncé
qu'il allait tirer quelques corbeaux dans les environs.
Le vrai salingue parce que je te demande un peu,
hein? Des corbeaux qu'il y a rien de plus gentil.

Il est revenu vers quatre heures. M. de Bruyère
n'étant pas de retour, il a déclaré qu'il ne pouvait
attendre davantage et il est reparti pour Paris. On l'a
interrogé. Examiné. Traces de poudre sur les doigts.
Explications : parbleu, j'ai flingué des corbacs. Il a
été mis à la disposition du juge d'instruction.

Troisième coupure de presse, postérieure aux
précédentes de plusieurs jours. Le neveu a été arrêté.
On a retrouvé des empreintes de ses pompes non loin
de l'endroit où gisait le cadavre du comte. On croit
comprendre qu'il a imploré son parent. Celui-ci a été
inflexible, voire très dur. L'autre a alors dégainé un
pistolet et a buté son pauvre tonton pour lui
apprendre à vivre. Effrayé, il est rentré au château
d'abord, à Paname ensuite. Malgré ses dénégations,
le juge l'a embastillé.

C'est tout. Là s'arrête le documentaire de Mayençon Clovis.

Pas besoin d'être le policier émérite qu'*I am* pour
piger la démarche tortueuse de la pensée mayençon-
naise. Le photographe a pris son effet de lumière

dans la clairière. Il a découvert le couple au
développement. Très surpris, car il ne l'avait pas
remarqué dans le viseur. Et puis, le lendemain, on
annonce le meurtre. Forêt de Goupillette? Qu'est-ce
à dire? Mais j'y étais à l'heure du meurtre! Alors, tu
sais quoi? Il agrandit les personnages de sa photo.
Constate que l'homme n'est autre que la victime. Son
devoir de citoyen lui commande de porter le cliché
aux flics et de déposer. Mais il est foutriquet de
naissance, Clovis. C'est un petit bonhomme sans
importance, une bricole, un sous-tout. Il redoute les
emmerdes. On va lui demander ce qu'il y branlait
dans la forêt, lui aussi. Et le pourquoi il flashait les
promeneurs. Non, pas de giries! Il tient à sa petite
quiétude de pleutre. Alors il groupe son dossier à lui
dans une enveloppe cacateuse et laisse passer le
temps. Trois années s'écoulent. Aujourd'hui, il fait
une crise cardiaque, croit qu'il va mourir. Le
commissaire San-Antonio est à son chevet. Dans un
sursaut, Clovis veut soulager sa miséreuse conscience
avant que de comparaître devant son créateur.

T'as mordu? Je t'ai résumé le blaud rondo, non?
Pas qu'on disperse dans les aléas, alinéas, gnagnate-
ries de tout poil.

Je décroche le téléphone pour sonner l'*Agency*. La
Claudette ne devait piper personne car elle décroche
aussi sec et parle la bouche libre. Je l'ordonne de
me filer Mathias.

— Salut, rouquin! J'ai besoin d'un tuyau express.
Le 4 avril 76 le comte de Bruyère a été assassiné en
forêt de Goupillette. Quelques jours plus tard, on a
arrêté son neveu, un certain Gaspard d'Alacont. Je
voudrais savoir, dans les minutes qui viennent, ce qu'il
est advenu de cette affaire. Je suis chez moi.

Et je raccroche.

Je pense à la môme Sonia avec qui j'ai la ranque
tout à l'heure. J'ai l'impression que l'opération :

bonjour, banane; adieu p'tit creux, ce sera pour une autre fois.

Toi aussi, hein? Me connaissant comme je me connais.

Une magnifique souris, cette Sonia. Elle travaille dans une société de production dont le siège social se trouve dans notre immeuble. Je l'ai rambinée hier, lors d'une providentielle panne d'ascenseur. Vingt minutes nous sommes restés bloqués dans la cabine. Ajoute l'obscurité à la promiscuité et calcule ce qu'un garçon doué peut faire de ces vingt minutes-là. Ce qu'elle a seulement de déplaisant, Sonia, c'est son parfum. Elle se le passe à la lance d'incendie et alors tu la sens radiner à deux lieues. Je suis un mec trop épris de vérité pour tolérer les parfums, ces bas tricheurs. Je veux bien qu'au bout d'un moment tu les oublies, surtout si la gonzesse s'emploie pour, n'empêche qu'ils m'éprouvent.

Alors pas de Sonia pour aujourd'hui. C'est décidé. Je lui dépêcherai Mathias pour m'excuser. Elle risque pas de l'incommoder : il pue encore plus fort qu'elle. Peut-être tentera-t-il sa chance. le rouquemoute? Avec sa mégère toujours en cloque, il doit être friand d'une petite fête des sens, mon collaborateur.

Justement, le bigophe carillonne et c'est lui. La célérité, ça le connaît. C'est le roi de la technique. Les affaires, il s'en occupe depuis son labo, ses bouquins, les dossiers. Sur le tas, il est bon à nibe, les gens le déconcertent, je crois. C'est un rat roux, Mathias. Il confine dans sa blouse blanche dégueulasse, toujours perdu dans des analyses, des décryptages.

— Allô, patron?

— Je t'écoute...

— L'affaire est venue aux assises le 2 février 1978. Gaspard d'Alacont a été condamné à quinze ans de réclusion criminelle. Il purge actuellement sa peine à la Santé.

— Il a avoué, au cours de l'instruction ou du procès?

— Jamais.

— Le verdict n'a pas été un cadeau. Car enfin, il n'existe aucune preuve formelle qu'il ait trucidé son oncle. Il ne pouvait hériter de lui, se trouvant sous conseil de tutelle. Il ne l'a pas volé. Il...

— Je peux vous interrompre, monsieur le commissaire?

— Quoi?

— Le revolver ayant servi à tuer le comte fut repêché dans un étang proche du lieu du meurtre. Il appartenait à Gaspard d'Alacont.

Bon, que veux-tu répondre à cela? Du coup, le silence de Mister Clovis paraît moins grave, la culpabilité du neveu ne faisant aucun doute.

— Bon, eh bien je te remercie, Rouillé.

— Ce sera tout pour votre service, monsieur le commissaire?

— Encore une chose, as-tu un slip propre?

— Mais...

— A quinze heures, j'ai rendez-vous à la terrasse du *Fouquet's* avec une ravissante blonde aux yeux noirs prénommée Sonia. Tu seras gentil d'aller me décommander, et si le cœur t'en dit, remplace-moi au pied levé! Merci.

Je raccroche.

Félicie vient me dire que le repas est servi. Y'a des aubergines frites comme entrée, avec de la sauce tomate fraîche. J'adore.

CRABATERIE

Deux gardes lisaient le baveux. Un journal qui ne devait pas être un quotidien vu qu'il était imprimé sur un papier de couleur pervenche. Ils le lisaient à deux, kibour contre kibour, unis ainsi pour le meilleur et pour le pire. Ils s'esclaffaient, les bons pandores, sur des dessins humoristiques qui n'auraient même pas fait sourire une baleine.

A notre approche, ils ont abaissé le canard pour nous regarder. L'un d'eux, celui qui possédait une tête qu'on aurait juré de veau, dit à l'autre à tête de con : « On dirait-il pas le commissaire S'natonio?

A tout hasard, ils se levèrent et, militairement, me saluèrent.

Le Dr Bordenouille délourda, à grand renfort, et me pria d'entrer. Je découvris une salle de six lits dont deux seulement se trouvaient occupés. Dans le plus proche de l'entrée, agonisait peinardement une sorte de petit homme à tête de calao (1). Il émettait un petit râle qui avait l'air d'être du morse.

Le Dr Bordenouille me le désigna d'un bref index.

— Cancer de la vessie, m'avertit-il. On joue les prolongations.

Il passa outre le lit d'agonie pour gagner le

(1) M'emmerde pas, t'as qu'à chercher dans le dico !

plumard du fond, lequel longeait la fenêtre aux impressionnants barreaux. Un grand type exsangue, à la chevelure bellement auburn, y dégustait des instants qu'on devinait précaires. Il conservait les paupières baissées, et sa respiration marchait à l'éconocroque. Beau visage, en vérité, creusé par l'épuisement, mais empreint d'une grâce naturelle qui émouvait. Il avait la peau diaphane, comme les jeunes filles dans les récits anciens pour pensionnaires onanistes (1).

— Alacont! appela le Dr Bordenouille qui détestait les nobles en général, et leurs particules en particuliers, Alacont, m'entendez-vous?

L'interpellé hissa ses paupières au-dessus d'un regard dans les tons vert d'eau. Et ses lèvres s'arrondirent pour un « oui » faiblard.

— Voici le commissaire San-Antonio qui aurait quelques questions à vous poser. Vous sentez-vous en état de lui répondre?

— Oui, fit Gaspard d'Alacont, si bas que même un ver de terre aurait eu du mal à l'entendre.

Le docteur hocha la tête.

— Très bien, alors, je vous laisse. Ne me le surmenez pas trop, commissaire, ce grand imbécile a perdu au moins trois litres de sang en se sectionnant les veines et nous avons le plus grand mal à le récupérer.

Il sortit dans une noble quinte de toux, plantureuse, qui partait de sa barbe à la pasteur pour essaimer dans toutes les directions.

La porte claqua. Nous demeurâmes silencieux dans ce silence gluant de l'infirmerie que rythmaient les râles du moribond.

Je m'assis sur le lit de Gaspard. Je ne sais pourquoi, le garçon m'émouvait. Trois années de

_____

(1) Tu vois; c'est exactement ça, un néologisme.

détention et sa tentative de suicide avaient comme effacé tout ce qu'il y avait de vénéneux en lui. Il semblait dépouillé et sa beauté était de celles qui reflètent l'âme.

— Ecoutez, Gaspard, attaqué-je, je tiens à vous préciser que je suis ici pour essayer de vous aider. Ne vous fatiguez pas et répondez par un simplement battement de paupières à mes questions lorsque ce sera affirmatif.

— Je peux parler, dit-il avec un peu plus de vigueur qu'il ne l'avait fait jusque là.

— Alors c'est parfait. D'abord, pourquoi cette tentative de suicide, mon vieux?

— Je n'en pouvais plus. Je suis innocent et personne ne me croit, pas même ma famille qui n'est jamais venue me voir. Je n'ai reçu jusqu'à présent que quelques lettres de ma plus jeune sœur et encore me supplie-t-elle de ne pas lui répondre.

Je lui pris la main et lui souris. Il avait les yeux emplis de larmes qui venaient de très loin dans sa poitrine.

Il se passa encore un instant. J'avais la gorge serrée. Et alors, je vais te dire un truc idiot, libre à toi de ne pas le croire, que veux-tu que ça me foute, mais j'avais pressenti d'entrée de jeu que ce serait ainsi, notre rencontre à tous les deux. Avant même que de le savoir à l'infirmerie, et alors que je m'apprêtais à le rencontrer au parloir de la Santé... Une prémonition. Je devinais que le neveu assassin, ce mariolle cynique, ce rebut de grande famille, me plairait et qu'on deviendrait potes, en une seconde, comme ça.

Ce sont ces instants irremplaçables qui rendent l'existence tolérable. A cause d'eux, pour un moment, on a envie d'aller voir plus loin si on y sera encore.

Le cancéreux mettait la gomme pour en finir. Sa viande se lamentait. Car les plaintes qu'il libérait lui venaient droit du corps, sans qu'il eût à les vouloir.

— Vous venez de dire que vous êtes innocent,
repris-je.

Et je n'allai pas plus loin.

Il murmura :

— Parce que je le suis. Je n'ai pas tué mon oncle.

— C'est cependant avec une arme vous apparte-
nant qu'il l'a été.

— Je sais.

— Comment expliquez-vous la chose?

— Une machination.

— Quelqu'un vous a demandé de passer au
château de Bruyère-Empot ce dimanche-là?

— Non, personne.

— C'est une décision que vous avez prise seul?

— Oui.

Je me dis, *in petto,* qu'il avait été un peu simplet,
Gaspard, et que son avocat n'était pas président du
club de la jugeote. Merde, ils auraient pu plaider le
coup fourré. Prétendre qu'une voix anonyme avait
prié d'Alacont de passer chez son tonton, le 4 avril...

— Et pourquoi êtes-vous allé chez le comte?

— Pour lui demander de me prêter cinquante
mille francs. J'avais fait un chèque sans provision
dans un cercle de jeux très douteux affilié au milieu
et je redoutais des retombées cuisantes.

Il parlait faiblement, mais avec le souci d'être
précis et convaincant. Ses yeux ne lâchaient pas les
miens.

— Quelqu'un était au courant de cette visite?

— Non.

— Vous êtes certain de n'en avoir parlé à personne?

Il réfléchit.

— Je ne vois pas. Peut-être ai-je dit aux copains
sans y prêter attention que je ne serais pas libre ce
dimanche après-midi. On buvait pas mal, on fumait

aussi. Il ne m'est pas possible d'être formel sur ce point.

— Où rangiez-vous votre revolver?

— Dans un tiroir, comme tout le monde.

— D'où le teniez-vous?

— Je l'avais acheté tout à fait officiellement chez Gachette-Rétine, étant détenteur d'un port d'arme.

— Pourquoi vous l'avait-on délivré?

— J'avais été attaqué, une nuit, par des petits truandaux de quartier.

— Pour quelle raison?

— Une histoire de fesses. J'ai porté plainte. C'était au début de ma vie de bâton de chaise. Un ami de mon père, haut placé, est intervenu pour me faire obtenir ce permis.

— Vous aviez peur?

— J'ai eu peur pendant quelque temps, et puis...

Il se tut. Il était très fatigué. Sa peau était bleue sous ses yeux. Ses taches de rousseur, assez nombreuses, avaient l'air d'insectes sur sa figure blafarde.

Curieux à quel point j'étais persuadé de l'innocence de ce garçon. Dès que j'avais été informé de son histoire. Peut-être parce que je l'avais abordée par l'autre bout, non? C'est-à-dire par un élément inconnu des juges.

— Vous êtes-vous aperçu de la disparition de votre revolver?

— Non. Je l'avais pratiquement oublié; vous savez, ces objets-là, quand on les achète, on les manipule pendant quelques jours pour se donner des impressions de cow-boy; et puis on passe à autre chose et l'on n'y pense plus.

Il prit une goulée d'air. Ici l'air avait des relents de merde et d'éther. L'autre gonzier continuait d'avaler son extrait de naissance, mais il aurait dû suivre des cours auprès d'un boa car ça passait mal. IL passait mal.

— Bon, vous êtes arrivé chez votre oncle, en début
d'après-midi...

— Oui.

— Vous ne vous étiez fait précéder d'aucun coup
de téléphone?

— Non.

— Ça se fait, pourtant, dans le monde de M. de
Bruyère.

— Dans le mien aussi, fit Gaspard mélancolique-
ment, mais je craignais, en le prévenant de ma visite,
qu'il refuse de me recevoir ou prétexte un empêche-
ment.

— Vous teniez à le cueillir par surprise?

— Il représentait pour moi l'opération « dernière
chance », je ne voulais pas la rater.

— Parvenu au château, ses gens vous ont dit qu'il
se promenait à cheval.

— En effet.

— Et votre réaction a été de décrocher un fusil?

— Comprenez-moi : je savais que mon oncle en
aurait pour longtemps. C'était rasoir, sa grande
bâtisse. J'ai voulu tuer le temps...

— En tuant des corbeaux?

Il m'a regardé le plus intensément qu'il lui était
possible de le faire.

— Des corbeaux, mais pas mon oncle, a-t-il
déclaré.

— Vous voulez bien me raconter votre balade en
forêt?

— Ça faisait un bout de temps que je n'avais pas
vu d'autres arbres que ceux des Champs-Elysées.
Brusquement, j'avais l'impression de renaître.

— Vous avez massacré des corbeaux?

— Pas des corbeaux, mais des garennes.

— Rien d'autre à signaler?

— Non, rien.

Je me suis levé pour arpenter la salle, je venais de
bicher des fourmis dans une guitare à cause de ma
fausse position sur son pucier. Le mec au chou-fleur
geignait de plus en plus parcimonieusement.

Je me suis penché sur lui. Il était là, crucifié sur sa
pauvre couche carcérale, le vieux forban, abandonné
de tous, et surtout de Dieu, en cet instant d'absolu
dénuement. J'ai touché son front, presque pieuse-
ment, pour dire d'esquisser un geste humain, un geste
de compassion. Mais pour l'aider vraiment, il aurait
fallu que je lui décharge mon pote Tu-Tues dans la
tronche. On ne pouvait rien de mieux pour sa
pomme. J'ai soupiré : « Allez, Seigneur, le faites plus
chier, quoi. » Puis j'ai serré sa pogne inerte. Voilà
que je devenais grandiloquent avec moi-même. Théâ-
tral, disons. T'as de ces dérapages, parfois. Irréfléchis
comme sur du verglas. Tu t'offres un tête-à-queue.
Ta vie a un soubresaut. Ensuite tu rectifies ta
direction et reprends une bath vitesse de croisière.

Gaspard me regardait aller venir. Je comprenais
que ses jours, à lui, n'étaient plus en danger. Il était
en train de refaire son raisin perdu. Il travaillait du
globule, le fils d'Alacont; hématies et leucocytes s'en
redonnaient à cœur joie dans ses tuyaux.

— Il est fini? m'a-t-il demandé.

— Presque.

— Ce matin encore il m'a parlé.

— Pour vous dire quoi?

— Il parlait d'avenir.

J'ai hoché la tête.

— Ouais, d'avenir, toujours, les hommes. C'est
beau, dans un sens.

Et puis, tout de go, je lui ai lâché :

— Quelque chose ne tourne pas rond dans votre
histoire du 4 avril.

— C'est-à-dire?

— Vous venez de me raconter que vous considé-

riez cette visite à votre oncle comme étant l'opération
de la dernière chance, exact?

— Exact.

— Et voilà que vous rentrez de votre virée en
forêt, raccrochez le flingue à son râtelier et déclarez
aux larbins que vous n'avez plus le temps d'attendre
M. le comte. Pour un garçon qui jouait son va-tout,
un tel comportement est illogique.

— Peut-être, à première vue... Mais je suis, ou
plutôt j'étais, un type inconstant... Je...

Je l'ai stoppé de quelques petites tapes rapides sur
l'épaule.

— Hé, oh! Gaspard... On continue de tout se dire
ou bien on commence à se vendre de la salade de
saison?

Là, il a cillé. Ses yeux verts sont partis au plafond.
Et il ne valait pas un coup de cidre, cependant, le
plaftard, jaune pisseux, avec des lézardes qui ressemblaient au delta de l'Amazone sur une carte de
giographie (comme dit Béru).

Bon Dieu ce qu'il était beau, à cet instant,
d'Alacont. Romantique à outrance.

Je lui suis venu en aide.

— Tu veux que je te dise, Gaspard?

Le tutoiement m'était venu spontanément. Il ne
s'agissait pas d'un tutoiement de flic interrogeant un
suspect, mais d'un tutoiement d'aîné. Tu piges?
D'aîné.

— Mon idée, à moi, c'est qu'au cours de ta
vadrouille dans la forêt de Goupillette, tu as buté sur
le cadavre de Clotaire de Bruyère. La frousse t'a
chopé et tu t'es tiré ventre à terre.

Les râles du cancéreux ont cessé. Je suis allé
jusqu'à sa couche. Il n'était pas mort, au contraire; il
avait les yeux ouverts. De vilains yeux chafouins de
gredin qui, d'emblée, le rendaient antipathique. La
mort l'ennoblissait, mais il suffisait d'une rémission,

d'un petit afflux de vie, pour qu'il retourne dégueulasse, cézigue.

— Je n'ai pas tué mon oncle, m'a lancé Gaspard.

— Mais tu l'as vu mort?

— Oui.

— Pourquoi n'as-tu jamais parlé de la chose?

— C'eût été presque avouer ma culpabilité.

— T'es con.

— Vous me croyez, vous, quand je vous dis que je suis innocent?

— C'est parce que je te crois innocent que je suis ici.

D'un seul coup d'un seul, il a paru complètement guéri. Lourdes! Il s'est soulevé sur sa couche. Des couleurs lui sont venues.

— Merci! m'a-t-il dit. Merci. Mon premier instant de bonheur depuis le 4 avril 76.

— Tout arrive, tu vois.

J'ai sorti les photos de ma poche et sélectionné celle qui représentait la femme de la clairière.

— Tu connais cette personne?

Je ne voulais pas rater sa réaction. Avant de lui abandonner l'image, je me suis accroupi au pied de son lit pour être aux premières loges de son visage, si tu veux me permettre l'expression, qui me convient car je me comprends à demi-mot, et tout ce que tu peux rechigner, je m'en branle au sang!

Il a saisi le cliché d'une main tremblante d'épuisement. Pas un muscle de son visage n'a bougé. Son regard qui exprimait la curiosité s'est éteint. Il a fait une petite mimique négative.

— Jamais vue, a dit Gaspard.

Sur ces entrefaites, le docteur est revenu en coup de vent. S'est arrêté devant le plumard du cancéreux.

— Tiens, Lazare! il a dit.

Puis, à moi :

— Hé, commissaire, il faut savoir doser ses

plaisirs, vous me l'avez suffisamment surmené comme ça.

J'ai serré la main dolente d'Alacont entre les deux miennes du milieu.

— Je te laisse, fils; cramponne-toi aux branches et dis-toi qu'un type d'exception s'occupe de ton problo.

Un grand sourire confiant, presque lumineux, lui est venu.

Il a paru rentrer d'un long voyage harassant, Gaspard.

SUITE SOLOGNOTE

Claudette épluche des pistaches.

Ayant séparé le bon grain de l'ivraie, elle place la partie comestible dans un petit bocal de verre et jette la coque dans sa corbeille à papiers.

Il est fréquent que les secrétaires usent leur temps de bureau à se faire les ongles ou à téléphoner à leurs copines pour leur raconter la manière suave que baise le beau mec rencontré au *Paris,* la veille, et qui fait si distingué avec ses cheveux gris, et qu'est élégant au point de porter encore cravate à une époque que ça se fait plus que dans les sous-préfectures, et qui a des tatanes en croco, des chemises monogrammées à son effigie, des slips double corps, remplissage automatique; et une bagnole sport de marque italoche sivouplaît, roues à rayons, de surcroît, tout ça bien.

Mais c'est la première fois que je vois une de ces demoiselles monder des pistaches.

Je lui demande à quoi correspond cette besogne; Claudette m'informe qu'elle a une réception chez elle, ce soir, et qu'elle prépare des amuse-gueules pour l'apéro.

Je demande après Mathias; elle me répond qu'il est EN rendez-vous; expression que j'abhorre violemment. Pour moi. être EN rendez-vous et aller AU coiffeur classe mon interlocuteur dans le casier d'en dessous de l'échelle intellectuelle des valeurs.

La ravissante personne précise même que Mathias s'est mis sur son 31.

Un bruit lointain de chasse d'eau, offert par mes joyeux camarades Jacob et Delafon (après tout, c'est peut-être le même personnage?) agresse le silence confortable de l'*Agency*.

Apparaît Pinaud, veston sous le bras, chapeau rejeté en arrière du crâne, en train de se colleter (si l'on peut dire) avec ses bretelles. Le dernier bouton sustentateur d'une des pattes est parti vivre sa vie, et l'homme réclame une épingle de sûreté susceptible de le remplacer au pied levé. L'obligeante Claudette la lui fournit. Pinaud peut donc se rajuster à loisir; et ce pour une durée confortable car. grâce à une constipation chronique il n'est contraint qu'une fois par semaine environ, exception faite pour l'octobre qui le fournit en moût laxatif.

— Mademoiselle, dit-il à Claudette, je vous informe que le rouleau de papier hygiénique touche à sa fin et qu'il serait opportun de lui prévoir un successeur.

Claudette rétorque qu'elle est secrétaire diplômée et non dame pipi.

Baderne-baderne admet le bien-fondé de l'objection, et propose d'écrire un mot à la femme de ménage, mot qui sera placé en évidence dans les toilettes. Claudette reconnaît que c'est là une idée qui confine au génie. La prenant au pied de l'enthousiasme, César décide de dicter la lettre. Claudette objecte qu'elle est occupée; en homme épris d'équité, Pinuche fait valoir que le mondage des pistaches n'est pas inclus dans les fonctions de Claudette. Claudette le traite alors de vieux gland; Pinaud répond que peut-être, mais qu'il va néanmoins dicter.

Claudette me quémande du regard. Je ratifie froide-
ment la demande pilnucienne.

— Eh bien, prenez la lettre de M. Pinaud, voyons!

Rogneuse, elle récupère un bloc sténo qui n'a pas
servi depuis le sacre de Bokassa (auquel j'ai adressé
un mot de félicitation pour sa mutation empirique),
un crayon, un cachou. Elle croise ses jambes aussi
haut qu'il est possible de le faire sans se fendre en
deux, et attend en sifflotant d'un air voyou une
chanson de Brassens dont le refrain dit comme ça
« qu'il n'est pas possible qu'on détrône le roi des
cons ».

Pinaud hermétise sa braguette, tapote le grand
creux qu'elle forme à l'emplacement hypothétique du
sexe, et commence :

« Chère madame Cassepot,

« Bien qu'il n'entre pas dans mes attributions de
m'occuper de l'Intendance de la *Paris Détective
Agency* dont vous assumez l'entretien avec un brio
auquel il me plaît de rendre hommage et qu'oncques
ne vous discuterais, je me permets de porter à votre
connaissance le fait suivant : les exigences de la
nature m'ayant conduit à me servir des doubles vécés
(en français : les lavatories) j'ai été amené à utiliser le
rouleau de papier satiné placé près de la cuvette. J'en
ai fait un usage modéré, n'ayant pas à réparer de
gros outrages du point de vue souillure. Mon intestin
étant extrêmement paresseux, je m'alimente peu, ce
qui solutionne par avance mes problèmes résiduels.
Toutefois, le léger prélèvement que j'ai opéré sur le
rouleau m'a amené à constater que celui-ci touchait à
sa fin. En conséquence, ceux qui me succéderont en
ces lieux, dits d'aisance, affronteraient de graves
déconvenues s'ils le trouvaient complètement tari à
un instant de leur vie où il constitue le recours le plus
précieux qui soit. Je songe tout particulièrement à
mon excellent confrère et ami, M. Alexandre-Benoît

Bérurier dont la vie intestinale diffère totalement de
la mienne, ce qui l'oblige à une large utilisation du
papier en question.

« Fort de ces arguments, et comptant sur votre
compréhension, je me permets de solliciter de votre
bienveillance le renouvellement du rouleau de papier
qui touche à son terme.

« Je profite de la présence pour vous compli-
menter à propos du choix de cette fourniture de
première nécessité. La marque « Œil de bronze » est
de grande qualité. Doublé, résistant, il reste moelleux
sans crever sous les doigts, ce qui est toujours
fâcheux, surtout, lorsque comme moi, l'on aime à
fumer en déféquant.

« Toutefois, me pardonnerez-vous mon audace,
chère madame Cassepot, si je vous demande de ne
pas choisir un papier de couleur? Celui qui s'achève
est rouge, ce qui provoque l'inquiétude, chez les
dames d'abord en leur donnant à croire qu'elles sont
en avance sur leurs époques, chez les messieurs
ensuite en leur faisant craindre les prémices de
quelque méchante tumeur maligne dont je vous laisse
à deviner laquelle. Je ne voudrais pas passer pour
outrecuidant à vos yeux, chère madame Cassepot, en
vous recommandant d'acheter du blanc. D'autant
qu'à dire vrai, je n'ai pas consulté les autres usagers
des toilettes de la *Paris Détective Agency.* Loin de moi
l'idée de vouloir faire prévaloir mes goûts personnels,
d'autant que, je vous le répète, je n'use des sanitaires
qu'avec parcimonie étant donnée ma constipation
chronique. Pourtant, je pense être l'interprète de la
majorité en recommandant l'utilisation d'un papier
blanc, ce qui est toujours de bon ton (le blanc n'est-il
pas la couleur des rois?) et n'engendre aucune
perplexité d'ordre médical.

« J'espère que vous et les vôtres êtes en bonne

santé et que vous avez des nouvelles rassurantes de votre fils qui séjourne au Kenya, crois-je me rappeler, à moins que ce ne soit en Norvège?

« Je ne saurai terminer ce court message sans vous renouveler ma reconnaissance concernant le merveilleux moment que nous passâmes ici même un certain matin de la semaine dernière où je vins en avance et où vous partîtes en retard.

« Dans l'attente, et avec l'espoir, d'une prochaine rencontre de même nature, je vous prie d'agréer, chère madame Cassepot, l'expression de mes sentiments respectueusement dévoués et de ma haute considération,

César Pinaud

« P. S. : Dans l'hypothèse où vous auriez rassemblé un stock de papier de couleur, il va sans dire que nous sommes prêts à l'épuiser avant que de nous vouer exclusivement à l'usage du fameux papier blanc dont l'apparence liliale me va droit au cœur.

Satisfait, il ôte son chapeau pour essuyer d'un revers de bras sa tête emperlée. Ecrire est une besogne sudative, au même titre que le terrassement ou le maniement du ringard. Beaucoup de cons se figurent que nous faisons un métier de feignant, les romanciers. Rien de plus faux (sinon une faux). L'écriture fatigue, et même épuise davantage que l'effort physique; projeter sa pensée mobilise le corps. La transmutation ne s'opère qu'au prix d'un apport héroïque de la viande. Mais tu t'en fous et tu as parfaitement raison. Que serait ma vie si tu abondais dans mon sens, pauvre gonfle! Qui est-ce qui me sécuriserait si tu me donnais raison? J'imagine mes doutes en pareil cas, mes errances, et j'en frissonne. Je t'en supplie, continue à me décroire, à me douter, à m'outre-passer, merci. Amen.

Pinaud bâille. Sa nouvelle disponibilité intestinale le rend apte à toutes les aventures.

— C'est calme plat, ces jours, me fait-il remarquer, on sent que le Vieux est en Bolivie, au congrès interpolices.

Il rebâille. Je détourne les yeux pour fuir cette mousse écœurante, nicotinisée, qu'il propose à l'admiration environnante.

— Viens avec moi, lui dis-je, on va aller prendre l'air.

— Au Bois?

— Non : en forêt.

* *

Ce qu'il y a de merveilleux, en Sologne, c'est que c'est partout pareil : la forêt, des routes qui la découpent, quelques beaux domaines cachés derrière les frondaisons, des étangs mélancos. Et puis du gibier, naturliche. Et comme il y a du gibier, des gardes-chiasses, naturellement, des vrais, en costar de velours potelé, casquette à visière noire, leggings, accent solognot garanti.

Une pancarte bleue, passablement rouillée, indique : « Domaine de Bruyère-Empot ». On suit la flèche, en Indiens dociles que nous sommes, au milieu de cette sylve. Bientôt, le chemin moussu vient buter contre un immense portail de fer.

Pinaud descend carillonner et, en attendant qu'on nous vienne accueillir, le cher homme compisse le pilastre à petits jets mutins annonciateurs de prostate.

Mais personne ne surgit, sonne que sonneras-tu. On tente d'ouvrir, en vain. Tout est verrouillé. J'essaie d'apercevoir le château, mais comme l'allée principale décrit une courbe et que des arbres plantureux, voire majestueux, la bordent, il est impossible de mater.

Le portail est purement symbolique vu qu'aucun mur ne le prolonge de part et d'autre. Il se dresse comme une barrière douanière ; le passage est libre de gauche et d'à droite, si l'on excepte un fossé noirâtre qui doit s'emplir d'eau pendant la mousson. Je franchis icelui d'un pas agile et m'avance cavalièrement dans l'allée, (je n'ai aucun mérite à cela puisqu'il s'agit d'une allée cavalière).

— Hep, là-bas ! crie une voix qui roule les « r », bien que son interjection n'en comporte pas.

Et un garde se pointe, fusil à l'épaule, suivi de deux chiens renifleurs qui s'obstinent à lui humer les talons.

L'homme trimbale une bacchante de cinquante centimètres, dans les tons queue de vache rousse. Il a les yeux en boutons d'uniforme et arbore une décoration évasive au revers de sa veste.

Il radine d'une allure martiale, sévère et juste.

— Eh bien, où alliez-vous ? demande-t-il.

— Au château, réponds-je, parce que je te jure que c'est la vraie véritable vérité.

— Le château est fermé, montrez-moi vos papiers !

Je lui présente ma brème professionnelle. Le garde épanouit de la physionomie.

— Oh, bon, vous en êtes un ! il remarque.

Note que je préfère ça à « vous en êtes une ».

— Depuis quand le château est-il fermé ? je lui demande.

— Ça fait bien deux ans. Y'a des problèmes de succession depuis la mort de m'sieur le comte.

— Vous êtes de par ici, bien entendu ?

— Oh ça oui, depuis au moins les Croisades, rigole le brave homme.

— Vous avez dû suivre l'affaire, non ?

— Tout le monde l'a suivie au pays ; une très triste affaire. C'était un éruditieux, m'sieur le comte. Il ne sortait de ses livres que pour se donner de l'exercice.

Il disait que les belles pensées fleurissent dans les corps sains, c'était sa devise.

Il ajoute.

— Ce qui rejoint ce que vous dites quelques paragraphes plus haut, quoi!

Ayant fait la part du surréalisme, je me consacre à l'enquête.

— Cher ami, connaissez-vous la dame dont voici la photographie?

Ses bons gros doigts malhabiles s'emparent du carton. Le garde visionne la femme brune à la raie médiane.

Il n'hésite pas.

— C'est Mme de Mouillechaglate, assure-t-il.

Je sursaille.

— La romancière?

— Je sais pas si elle est romancière, tout ce que je sais, c'est qu'elle écrit des livres, assure ce digne personnage.

Donc, il s'agit bien de Sidonie de Mouillechaglate, l'auteur un poil scandaleux de « Va, tu es rétro, Satanas ». J'ai vu plusieurs fois des photos d'elle dans les rubriques de livres, comment se fait-il que le cliché pris par Clovis Moyençon ne m'ait pas frappé? Il faut dire que le bas bleu en question n'est pas au sommet de mes préoccupations.

— Elle habite la région?

Le garde velouré, casquetté, leggingsé, fusillard, mouille son doigt le plus long comme s'il s'apprêtait à l'enfoncer dans un réceptacle récalcitrant et finit par le brandir plein sud.

— Mouillechaglate est à une lieue et demie d'ici, révèle le protecteur des lapins solognots. Vous suivez la départementale sur quinze cents mètres, puis vous prenez le vicinal de gauche.

Je le remercie.

— C'est-y qu'aurait un relent d'enquête à propos de l'affaire? demande le garde.

Je m'aggravis.

— Monsieur, lui dis-je, je crois savoir que vous êtes assermenté, n'est-ce pas? Eh bien, je le suis également.

Le plus gros des deux chiens de chasse débouche l'anus du pauvre Pinaud qu'il obstruait de sa truffe et nous partons à la conquête de la vérité.

Le château de Mouillechaglate n'a rien d'opulent. De dimensions modestes, réparé avec goût, il enchante l'œil de l'arrivant. Des roseraies l'entourent, un délicat étang en forme de tache d'encre sur un buvard le miroite, et y'a même plein de moutons blancs à paître dans les environs immédiats. Ils sont si blancs, si délicats que tu regardes à deux fois, t'assurer qu'ils ne portent pas un ruban rose autour du cou, comme sur les tableautins pour salon bourgeois que ça représente Marie-Antoinette jouant à la bergère, cette conne, au lieu de s'occuper du bon peuple de France.

Une Rolls blanche, décapotable, est remisée un peu à l'écart sur un parkinge saupoudré de graviers roses. Tu sens illico que les proprios de cette crèche ont les moyens, tout au moins ceux de faire accroire qu'ils en ont, ce qui revient au même, et même au plus.

Je range ma pompe et m'avance vers la masure, suivi de Mister Fossile et Marteau. Juste que je pose mon premier pied sur la première marche, des clameurs s'en échappent. Un vache dialogue ponctué de bris (le Bris et la Fureur, moi je te l'annonce) s'échange.

Et c'est une voix de dame qui répond à une

d'homme. Et y se disent tout ce que je vais avoir le
bonheur à haute tension de te relater pas plus tard
qu'immédiatement :

— Roquet !
— Truie !
— Pourri !
— Vérole !
— Puant !
— Sanie !
— Dégueuli !
— Chiée !
— Castrat !
— Trou !
— Surcon !
— Sous-merde !
— Enculé !
— Enculée !
— Peau de vache !
— Fosse d'aisance !
— Tacot !
— Gueule de raie !
— Minus !
— Ignarde !
— Torchon !
— Serviette périodique !
— Peau de zob !
— Pute !
— Répète !
— Pute !
— Puceau !
— Cul intorché !
— Lavement !
— Eau de bidet !
— Colique !
— Morue !
— Répète !
— Morue !

— Voyou!
— Bouffe-bites!
— Enfoiré!
— Salope!
— Cadavre!
— Chiraquienne!
— Pet!
— Ménopause!
— Sans-couilles!
— Diarrhée verte!
— Mal poli!
— Gourgandine!
— Foireux!
— Catastrophe!
— Pédé!
— Répète!
— Pédé!
— Faisandée!
— Chiottes bouchées!
— Lèche-pine!
— Escroc!
— Crevure!
— Feignant!
— Follingue!
— Châtré!
— Poubelle!
— Cataplasme!
— Emmanchée!
— Burnes creuses!
— Ecrivaillonne!
— Répète!
— Ecrivaillonne!
— Débile profond!
— Ecrivaillonne!
— Ne le répète jamais!
— Ecrivaillonne sans syntaxe!
— Quoi!

— Sans vocabulaire!
— Quoi!
— Sans idées!
— Quoi!
— Sans style!
— Quoi!
— Sans tirages!
— Quoi!
— Sans lecteurs!
— Quoi!
— Sans éditeur!
— Menteur!
— Six manuscrits refusés!
— Je te hais!
— Je te chie!
— Tu me tues!
— Tu m'effrites!
— Je meurs!
— Crève!
— Je te maudis!
— Merci!
— Adieu!
— Adieu!
— Tout est fini!
— Enfin!
— Je cesse!
— Ouiiii!
— Tu m'excites!
— Toi aussi!
— C'est pas vrai!
— Je bande!
— Menteur!
— Regarde!
— Merde!
— C'est pas de la queue, ça?
— Je la veux!
— Trousse-toi!

— Voilà!

— Debout!

— Accoudée au piano!

— Attention que le couvercle ne se rabatte pas sur mes couilles!

— Vas-y!

— Oh, salope!

— Ah que c'est bon!

— Tiens, ma vache!

— Tu es monté comme un âne, Adolphe!

— Toi, t'as une chatte comme un porche d'église!

— Adolphe!

— Sidonie!

— Chéri!

— Je t'aime!

— Moi aussi!

— Oh! que tu es belle!

— Pas si fort, tu me défonces!

— Tiens, charognerie dégoulinante!

— Qu'est-ce tu dis?

— Charognerie dégoulinante!

— Ah! bon, j'avais compris autre chose! Parle-moi encore d'amour!

— Fumière!

— Encore!

— Pétasse!

— Oui!

— Empétardée!

— Continue!

— Pompeuse de bougnoules!

— Ouiiii, oh, oui! oh! oui, mais ne sois pas raciste, Adolphe!

— Tu aimerais te faire sabrer par des déménageurs de pianos!

— Certes!

— Tu voudrais vider les roustons d'un régiment de khmers rouges!

— Aohouhaaa, comme tu me connais bien, Adolphe!

— Il te faudrait un cosaque et son cheval!

— Bien sûr!

— Un gorille!

— Cela va de soi, Adolphe!

— La Tour de Pise!

— C'est trop, Adolphe! Tu as des mots qui vous transportent!

Et alors ils se taisent.

Nous sommes installés dans la vaste entrée coquettement meublée de choses Louis-Philippardes.

Un couple de domestiques se tient collé contre les portes vitrées donnant accès au salon.

Je te dois à ce point de l'action de préciser (du moment que tu as payé ce livre ou que c'est quelqu'un aimant la bonne lecture qui te l'a prêté) qu'au début de la scène, les deux protagonistes cassaient beaucoup. Toutes les quatre ou cinq répliques environ, un objet éclatait, composant un fond sonore à l'algarade si aimablement conclue.

Le larbin mâle est armé d'un bloc-notes, et la larbine lui énumère les dégâts. Elle exprime gravement, mais d'un ton routinier, comme si elle procédait à un inventaire, et son compagnon répète en annotant.

— La statuette de Sèvres, représentant Diane et l'Amour. Oui, il m'en reste en réserve...

Bloinnnngggg!

Elle annonce :

— Le bras de lumière Napoléon III!

Il redit :

— Le bras de lumière Napoléon III, stock épuisé, le remplacer par une lanterne de procession modèle 64 bis.

Et tout à l'avenant.

Et puis, lorsque Monsieur et Madame se réconci-
lient, contre le piano (auquel je souhaite d'être à
queue, vue l'occurrence) ils s'arrêtent de faire le point
pour se tourner vers nous autres deux, très déconte-
nancés que nous sommes.

— Messieurs?

— Nous souhaiterions parler à Mme de Mouillechaglate, dis-je assez péremptoirement pour être pris
au sérieux.

Le larbin, faut que je te raconte, il est tout michu,
tout grelu, badru, glapu. Il ressemble à Sim, même
tête de casse-noix en bois sculpté; mêmes z'yeux
prompts et fuligineux, tu sais? A propos de l'expression *tu sais,* faut que je te dise l'à quel point ils me les
brisent avec leurs pubs, à la radio. Qu'un gonzman
trouve une astuce et voilà tous ces moudus qui lui
emboîtent la trouvaille. Doré de l'avant, comme dit
le Gros, on ne peut plus te célébrer un produit, sans
que le baratineur ou la baratineuse ajoute, d'un ton
entendu : « Vous savez, avec le petit truc, ou le petit
chose », selon. Un mec a trouvé le premier, et poum,
les autres engouffrent. « Vous savez? avec le Litou-
gnet doré ». « Vous savez? avec la petite rose
bleue ». Moi, l'Antonio c'est : « Vous savez? avec le
beau chibre surchoix! » ou encore : « Vous savez, le
mec qui vous sodomise de tout son cœur! », voire :
« Vous savez, ce type qui en a ras le bol de vos
manigances de merde, à tous, tas de cancrelats, tas
d'abîmés, tas de moindres! Faisandés, mal huppés,
gredins de tout poil, égrotants, faux bizarres, traî-
neurs de relents, cadavérables, décorés, présidents,
putrescibles, endémiques, fallacieux, maugréeurs,
impensifs, bavards, raclures, sous-merdes, tuyaux,
pines torves, fuyeurs, invertébrés, délateurs, ponti-
fiants, navrances, manufacturés, contribuables,
connards, bouffeurs, chieurs, photographieurs, mes-

quins, reliquats, viandasse, membres gangrenés,
fesses plates, trous, trous, trous, trous.

Ad libitum.

Donc, je viens d'annoncer à Sim, le valet, que nous
souhaitions nous entretenir avec Madame, pardon :
avec Médème.

Il prend un air chagrin.

— Madame est en conférence.

— Il y a de cela, dis-je, puisqu'elle est en train
d'en prendre un vieux coup dans les baguettes, mais
nous savons vivre et n'aurons garde d'interrompre
son coït, sachant trop, d'expérience, combien il est
éprouvant pour le système glandulaire d'être interrompu en cours d'orgasme.

Il a une mimique approbateuse, montrer qu'il
apprécie notre compréhension.

— La copulation de ces messieurs-dames dure
longtemps, si ce n'est pas indiscret ?

Le valet hoche la tête.

— D'une façon générale, Madame prend son pied
assez rapidement, comme la plupart des nympho-
manes ; mais Monsieur par contre n'a pas l'éjaculation prompte. Madame qui est très coopérative le
subit toutefois jusqu'à la conclusion de leur étreinte.
Les femmes ont l'esprit de sacrifice. Dans mon
ménage, c'est exactement le contraire : je jouis vite et
Martine, mon épouse, se dessaisit de mon membre
sans jamais connaître l'extase, ce qui me crée de vifs
remords. Mais qu'y faire ? Certes, je tente de lui
revaloir ça en lui faisant préalablement minette, hélas,
cher monsieur, pour être sincère, le plaisir doit naître
dans l'euphorie de l'accouplement. Quand j'étais plus
jeune, les choses allaient mieux car je parvenais à
tirer deux coups dans la foulée, sans déjanter, hélas,
les ans neutralisent de telles prouesses. Si je vous
disais qu'à pas cinquante ans je commence à bander
mou ? Enfin, mou, j'exagère, disons que mon sexe n'a

plus la même impétuosité, il exige des sollicitations préalables, une certaine mise en condition. Et une fois qu'il est à disposition, il ne s'agit plus de le faire poireauter, oh que non! Les coups de téléphone, par exemple, ne pardonnent plus. C'est du « tout de suite ou jamais ». Et pourtant, monsieur, pourtant, dans mon âge tendre, il m'arrivait d'enfiler la cuisinière — qui n'était pas Martine, à l'époque — d'être interrompu par un coup de sonnette des singes, d'aller m'enquérir, puis de préparer du thé et de le servir, tout cela sans débander d'un iota. Je revenais fourrer la mère Marthe, cette grosse salope, sans coup férir. Si je vous disais, monsieur : il me revient d'une troussée qui fut interrompue trois fois consécutives. Je commençais de fourrer Camille, sonnette! Madame était capricieuse : une Russe blanche, vous voyez le genre?

« Je revenais à ma petite affaire, nouveau coup de sonnette. Et pour des babioles : passer un flacon de sel à Madame, lequel se trouvait à cinquante centimètres de sa main, notez. Vous savez, les Russes blancs, ils y ont pris peine! Ah! les cochons! Sympathiques, dans leur genre, notez bien. Mais si tyranniques. Par besoin! La tyrannie, pour eux, fait partie des arts nobles. Enfin, à présent, ils achèvent de disparaître. Leurs propres enfants sont devenus communistes, par réaction. Je crois que mon éjaculation précoce date des Russes blancs, monsieur. Cette anxiété de la sonnette pendant que j'enfilais dame Marthe. Le qui-vive! Cette hantise de devoir déculer en plein envol. Ça vous pousse aux reins, de pareilles affres. On s'exerce à la hâte. On jouit à toute volée. Et après, cela vous reste. Vos étreintes sont d'une brièveté consternante. On a beau se raconter du triste, pendant, s'exhorter au self-contrôle, penser à la France, rien n'y fait. Le foutre, Monsieur, ça n'obéit pas.

Un grand cri déchirant comme une corne de brume au loin des côtes de Saint-Pierre et Miquelon retentit.

— Et voilà le travail! annonce le larbin, ça c'est Monsieur qui part. Madame jouit silencieusement, mais Monsieur est un gueulard. Il ne peut pas s'empêcher de s'extérioriser. Et encore il s'est amendé : il n'y a pas si longtemps encore, il n'arrêtait pas de hurler en besognant.

La porte s'ouvre rapidement. Sidonie de Mouille-chaglate surgit. C'est bien elle, avec la coiffure de la photo. Elle a ses jupes retroussées à la taille, donc les fesses et le sexe exposés, et elle trottine jusqu'à l'escalier sans nous accorder attention.

— Vite! vite! murmure-t-elle.

— Ses ablutions, confie le valet de chambre. Madame éprouve toujours une vive répulsion « après ». Songez que depuis un bon moment déjà elle n'est plus concernée; alors le dégoût vient, fatalement.

« C'est si délicat, ces choses de l'amour, cela joue sur des riens. Voyez, le foutre par exemple, monsieur, combien il peut être l'objet du plus vorace désir et de la plus vive répulsion de la part d'une même personne. Simple question de moment. Nous sommes les jouets du moment, conclut le philosophe domestique.

Je zyeute dans le salon. M. de Mouillechaglate est occupé à se laver la queue dans l'eau des roses après avoir déposé — sage précaution — les fleurs épineuses sur le piano.

M. de Mouillechaglate est un drôle de type, plus vieux que son âge, n'importe son âge; grand, un peu voûté, la chevelure taillée en brosse, ce qui lui fait un dessus de tronche comme un fer à repasser à la renverse. Il a le nez du général Massu, les oreilles extrêmement décollées, un léger bec-de-lièvre, un regard très lourd.

Il porte un costume de chasse de hobereau, râpé comme il sied à un campagnard bien né. Le pantalon tire-bouchonne encore sur ses brodequins à gros lacets de cuir.

S'étant lavé zézette à loisir, il s'essuie la queue aux rideaux de satin de la fenêtre, pète large et se reculotte posément.

Les deux larbins entreprennent alors de ramasser avec petites pelles et balayettes les nombreux débris joncheurs. Ils font preste, en gens d'expérience habitués à escamoter les décombres de leurs maîtres. L'on dirait ces machinistes de cirque qui savent si bien remplacer les accessoires du numéro achevé par ceux du numéro à suivre.

Sidonie de Mouillechaglate reparaît, primesautière, guillerette, décente. Cette fois, elle nous avise et un sourire de grande courtoisie l'embellit. C'est une dame d'allure romantique, plus que pas laide, sans toutefois être réellement belle. Elle est habillée dans les tons parme et se parfume à la violette pour compléter.

— Messieurs ? elle s'enquiert.

Je lui présente ma carte poulardière.

Cela ne l'émeut pas.

— Oui ? demande-t-elle simplement.

— Madame, nous aimerions avoir une conversation avec vous, seuls à seule ? Est-ce possible ?

— Mais certainement, entrez !

Elle nous pousse dans le salon où son époux finit de reboutonner sa braguette.

— Foutez-moi votre camp, grand con, dit-elle à son mari. Je suis avec des journalistes.

Le châtelain nous salue d'un courtois : « Heureux de vous accueillir », puis avance sa dextre qui torcha des rois, trois siècles auparavant.

— Adolphe Mouillechaglate, se présente-t-il.

— Ils s'en branlent, déclare son épouse, ces garçons viennent pour moi, et non pour vous, grand con!

Conscient du bien fondé, Mouillechaglate se retire.

Les domestiques de même.

La porte est fermée.

Tu la verrais rupiner dans son salon Louis Chose, la Sidonie, vrai, tu la prendrais pour George Sand. D'ailleurs, un portrait de Chopin trône sur le piano, dédicacé.

— Eh bien, nous voici tranquilles, messieurs, je vous écoute.

— Madame. dis-je, un supplément d'enquête vient d'être ordonné, concernant l'affaire de Bruyère.

Elle sourit.

— A la bonne heure!

— Pourquoi? demandé je vivement.

— Mais parce que j'ai toujours pensé que ce grand sot d'Alacont n'est pas l'assassin. J'ai lu toute l'œuvre d'Agatha Christie, mon cher monsieur, et j'y ai appris que lorsqu'un suspect paraît trop coupable, il est innocent. Grande œuvre que celle de Lady Christie, croyez-moi. Vous oblige-t-on seulement à la lire dans la police? Non, je parie? Je reconnais bien là l'incurie française!

« Et pourtant, et pourtant, que d'enseignement vous y puiseriez! Elle savait tout, la vieille chérie. Rien de ce qui touchait à la chose policière ne lui était étranger.

Elle tapote les plis de sa jupe paysanne (de luxe). Depuis un moment, elle considère Pinaud avec une dévorante attention, ce qui intimide mon haltère égale (1).

_____

(1) Bien qu'*alter ego* soit masculin, il me convient de le foutre au féminin en l'honneur de ma vieille baderne.

— Dites-moi, demande-t-elle tout de go (car elle parle couramment l'anglais) ne seriez-vous pas un Manivail du Treuil de la Margèle?

— Eh bien, heu, je, c'est-à-dire, évite d'infirmer la Vieillasse.

— Je l'aurais juré! trépigne Sidonie de Mouillechaglate. Vous savez à quoi je l'ai reconnu? A votre lobe! A ma connaissance, seuls les Manivail du Treuil de la Margèle ont le lobe en creux avec un petit défaut de pigmentation au centre. C'est signé! Etes-vous un descendant de la branche cadette?

— Eh bien, à vrai dire, je...

— Je le savais! clame Mme de Mouillechaglate. Voyez-vous, bon ami, un sens de l'observation comme le mien, ça n'existe qu'en un seul exemplaire. Je vous dis à quoi j'ai su? Ces deux taches brunes sur la face interne de votre index et de votre médius à la main droite. Alors là, pas de doute. Déjà Gaëtan, le grand-père d'Alcide, les avait.

Pinuche examine ses deux doigts incriminés, jaunis par la nocive nicotine de ses mégots.

— Vous n'ignorez pas, je l'espère, que nous sommes petits-cousins? lui demande Sidonie.

— Ah, groummm, groummm, vraiment? enorgueillit Pépère.

— Bédame, réfléchissez, poursuit notre hôtesse; votre père, le baron Alfred, était le cousin germain de ma regrettée grand-mère, Pulchérie du Carreau du Temple, née Bellemotte de la Fourre; conclusion : nous sommes issus de germains. Venez me donner l'accolade, cousin!

Pinuche retire son mégot, le loge sur son oreille, à l'épicier, retire son chapeau dévasté par l'âge et les intempéries, ce qui provoque une averse de pellicules sur le tapis virgulé de foutre. Rosissant, flageolant, éperdu, il s'approche de sa singulière parente si miraculeusement retrouvée et la baise au front.

— Mieux que cela, grand nigaud! proteste l'écrivaine en saisissant la Pinuche par la nuque.

Elle lui roule une magistrale pelle aristocratique qui invertèbre le malheureux, et le relâche aussi brusquement qu'elle l'a emparé. Le père Pinaud tombe simultanément sur son cul et sur le tapis seldjoukide (du XIIIᵉ s). Je l'aide à se relever. Confus, il marche sur son chapeau qui en a vu d'autres. Voulant redonner forme à la galette bourbeuse obtenue, il le pétrit si malencontreusement qu'il le retourne, si bien que le vaillant couvre-chef est maintenant à l'envers, la bande de cuir à l'extérieur, humble couronne, ainsi que le crépi de pellicules.

Les interrogatoires ne sont pas chose aisée chez Mᵐᵉ de Mouillechaglate.

— Madame, commencé-je, désireux d'aborder le vif.

Mais elle pousse un grand cri et quitte son siège d'une cabriole.

La voici qui ôte son corsage à toute pompe, puis son soutien-gorge.

Une forte odeur de roussi retentit (1).

Sidonie gémit, fébrilise, hoquette, et autres...

Elle possède une poitrine superbe et généreuse, large et ferme, roploplesque, surabondante, bien profilée et qui se jette en avant, à l'assaut de l'amour.

Une rougeur marque son admirable sein droit, lequel n'a d'équivalent que le gauche.

Quelque chose qui y adhérait tombe sur le tapis du XIIIᵉ s. Il s'agit du mégot de Pinaud qui a chu dans le décolleté de Madame au cours des effusions cousineuses. C'est lui, l'immonde, le gluant, l'incandescent, qui a entrepris de jehannedarquer la châtelaine.

Auteur indirect du dommage, Pinuche se propose

_____

(1) Je dis qu'elle retentit car elle est vraiment très forte.

de le réparer. Il assure que la salive est une thérapeutique valable en ces cas de brûlure. Si sa cousine le permet. Et sans attendre la réponse, le cher Délabré entreprend d'oindre de la sienne le sein endolori, de manière très suce-sainte. Il léchouille, l'illustre descendant des Manivail du Treuil de la Margèle. Sidonie ne trouve pas la méthode archaïque. Elle dit que les vieilles recettes de bonne femme sont souvent les meilleures. Le baron de la Branle fait fonctionner ses muqueuses à tout berzingue. Pour mieux adhérer, il tient sa cousine par la taille et lui pétrit le pétrus avec pétulance (quel pet tu lances!).

Elle aime, ses gémissements changent d'intonation. Et Messire Mézigue commence à en avoir plein ses basques de ces griffes à la con, marrantes à conter, certes, mais longuettes à subir. Il sonne le rappel à l'ordre nouveau, le révérend Tantonio. On n'est pas venu ici pour lécher les nichons à Madame de, merde! Non plus que pour se faire raconter la vie sexuelle du valet de chambre, re-merde!

Alors il clame que ça suffit comme ça, le commissaire. Classe à la fin, des cousinages débusqués, des effusions grandiloquestes, des remèdes à base de bave de vieux birbe.

On revient aux choses sérieuses.

— En qualité de voisine, vous deviez connaître feu M. de Bruyère? demandé-je.

Elle barrit.

— Si je connaissais Clotaire! Cette question! Je lui faisais une pipe toutes les semaines en forêt! Il n'aimait plus que cela, à son âge. Et moi, je raffolais de cette odeur de cuir et de cheval qui se dégageait de son pantalon. Une odeur guerrière, comprenez-vous? De nos jours, les vraies odeurs se perdent. Nous ne sommes plus définis que par les déodorants chimiques. Pouâh! Si je vous disais : l'agrément de la

pipe disparaît dans les flots de l'hygiène corporelle.
Vous sucez un ouvrier portugais, espérant qu'il puera
le bouc, que nenni : il sent la savonnette! Les
Arabes? Pareil! Propres! Ah, ce vilain mot! une
conséquence de la civilisation! Qu'on les vaccine, je
veux bien, mais qu'on leur apprenne à se laver, c'est
la fin d'un folklore. L'anonymat du paf est une
calamité dont l'humanité n'a pas encore pris conscience, et qui est en train de détruire un certain
aspect passionnel de l'amour. Que deviendra-t-il,
l'amour, avec une fellation standardisée? Il était
indispensable que l'homme sentît l'homme et non le
Cadum. Je suis une femme sensuelle, moi, monsieur
le commissaire. Je n'ai pas honte de mes instincts.
J'appelle un chat un chat et une pipe une pipe. La
liberté, c'est avant tout cela. Bon, je passe. Ne suis
pas M.L.F. pour autant. La liberté ne peut s'accomplir que dans l'individualisme. Se grouper pour être
libre est déjà un début de cessation de liberté, je me
fais comprendre? Parfait. Donc, étant d'une grande
sensualité, j'adore la fellation. Mais qui voulez-vous
que je pompe? Lécher une eau de toilette? Merci
bien! Je vous prends un exemple : vous. Ne sursautez
pas. Vous êtes beau garçon, mon cher. Si, si. Et je
gage que vous devez vous montrer bon partenaire au
lit. Mais pensez-vous un instant que j'aie la moindre
envie de vous faire une pipe? Pas question! Vous
sortez de votre bain moussant, commissaire. Vous
traînez des relents d'OBAO, ou de je ne sais quoi
parfumé au pin des Landes ou au citron vert. Bref,
votre bite, commissaire, a ainsi perdu sa qualité
première qui est de dégager des effluves animales, ou
plutôt animaux, effluve étant masculin. C'est devenu
de la bite aseptisée, pardonnez-moi de vous le dire.
De la bite sous cellophane. Je préférerais sucer mon
aimable cousin ici présent, dont il est clair qu'il ne
surmène pas sa salle de bains. En y réfléchissant, ma

dernière pipe délectable remonte au mois dernier, vous vous rendez compte? Le bénéficiaire en a été un chauffeur de taxi italien. Quand j'ai pris place dans son G 7, j'ai été immédiatement alerté : ça sentait la ménagerie. Aussitôt je lui ai proposé cet instant de félicité. J'ai eu toutes les peines du monde à le lui faire accepter : un Italien du sud, vous pensez! Quatre gosses plus un en route! Ils sont vertueux, ces gens. Il y a plein d'images religieuses avec leur carte du parti. J'ai dû l'inviter à laisser tourner le compteur pendant l'opération. C'était la première fois! Sa première pipe, commissaire. Il ignorait que cela existait, le chéri.

— C'est passionnant, coupé je, mais je voudrais qu'on revienne à Clotaire de Bruyère, madame. L'avez-vous comblé le jour de son assassinat?

Elle me défrime, yeux et bouche ronds.

— C'était quoi, le jour de son assassinat?

— Le dimanche 4 avril 1976.

— Alors non, jamais le dimanche!

— Par sentiments religieux?

— Qu'allez-vous chercher là? Simplement, tous les dimanches nous recevons nos amis parisiens et je ne suis pas disponible.

Je sors la photo de ma poche.

— Vous rappelez-vous d'avoir été photographiés, M. de Bruyère et vous, lors d'une de vos rencontres en forêt?

— Si fait, par un petit bonhomme qui ressemblait à l'un des nains de Blanche-Neige. Le plus drôle, c'est qu'il ne nous a pas vus, me semble-t-il.

— Son objectif, lui, vous a vus.

Et je présente le cliché. Elle regarde, s'attendrit.

— Le cher Clotaire! Dites, je n'étais même pas décoiffée.

— Voulez-vous retourner la photo, je vous prie?

Elle obéit. Lit la date indiquée au verso de l'image.

— Sûrement une erreur, affirme Sidonie de Mouil-lechaglate sans s'émouvoir.

— Pourtant, le petit photographe est formel.

— Même un homme formel peut se tromper de date, non? objecte la cousine de Pinuche d'un ton gentil. L'erreur est de 24 heures, mon bon. Cette photo fut prise le samedi dans l'après-midi, moi aussi je suis formelle.

ENQUÊTE QUÊTE QUÊ QUÊTE

Un temps.

Elle nous intime de nous taire, d'un geste flou mais néanmoins péremptoire (je te montrerai comment exécuter, sans se luxer le poignet, un geste flou et néanmoins péremptoire, c'est juste un coup à prendre, comme pour la branlette inversée).

— Je vais vous montrer quelque chose, dit-elle à voix tellement basse qu'on est obligé de s'étendre sur le sol pour la capter.

Elle se déchausse et s'approche de la petite porte du fond donnant sur les communs.

L'ouvre en un éclair caméléonesque.

Son vieux kroum, M. de Mouillechaglate, est accroupi de l'autre côté et se retrouve face à nous, hautement ridicule dans sa posture du chieur turc.

— Votre asthme vous trahit, Adolphe, dit la dame d'un ton cinglant comme un coup de cravache sur une botte.

Puis, à nous, le désignant théâtralement :

— Que je vous dise, messieurs : les Mouillechaglate descendent de Godefroy de Bouillon et se sont illustrés lors de la 1re Croisade auprès de l'avoué du Saint-Sépulcre; plus tard, ils participèrent à la guerre de Hollande sous Louis XIV le Grand, et plus tard encore, le cardinal de Fleury fit la part belle à un Mouillechaglate à l'issue de la guerre de la Succession de Pologne.

« En remontant les siècles, on trouve un héroïque Mouillechaglate au siège de Sedan et le colonel Agénor de Mouillechaglate, père de ce grand con, se fit tuer au Chemin des Dames. Tout cela, ces héroïques pages d'histoire, cet arbre généalogique flamboyant, engendreur de fruits d'or, pour arriver à qui? Et je devrais plutôt dire à quoi? A un Mouillechaglate qui écoute aux portes! O, Godefroy IV, dit de Bouillon, retourne-toi dans ta tombe! Ou alors sors-en carrément pour venir contempler ce qui subsiste de ta tant haute lignée! Regarde l'excrémentiel résultat de ta race, son irrémédiable aboutissement. Pleure, Godefroy, ô, roi de Jérusalem, ô, duc de Basse-Lorraine, écarte les plis de ton suaire et vois la déchéance de ta semence, toi qui battis les Egyptiens à Ascalon.

Outragé, ricaneur, Mouillechaglate s'est redressé.

— Ta gueule, salope! dit-il avec dédain.

— Larbin!

— Souillure!

— Paillasson!

Je m'avance en agitant mon mouchoir, tel un plénipotentiaire entre deux armées ennemies.

— Stooooop! gueulé-je.

Lors, l'homme aux cheveux en brosse prend son air le plus torve, sa voix la plus suintante pour susurrer :

— Cette garcerie vous ment, commissaire. Le dimanche 4 avril 1976 nous n'avons reçu personne pour la bonne raison qu'il y avait eu, les jours précédents, un début d'incendie au château, et que les pièces de réception étaient en réfection. Les travaux ont duré deux bons mois. J'ajoute que le dimanche 4 avril, cette gueuse infâme, cette pipeuse-

née, cette moins-qu'elle-même, est sortie une grande
partie de l'après-midi avec sa Méhari pour, a-t-elle
prétendu, une promenade en forêt. Amoureuse des
halliers, dit-elle? Mon œil! L'enculade, commissaire!
La pipe-tout-venante! Mon avis est qu'elle drague
les gardes-chasse (le « s » à chasse est facultatif).
Madame suce la plèbe, vous l'avez entendue comme
moi; mieux que moi, puisque j'étais derrière la porte.
Un chauffeur de taxi italien! Que dis-je : italien du
sud! Vous avez regardé sur une carte où cela se
trouvait, le sud de l'Italie, commissaire? Depuis la
Sicile : vous faites un grand pas et vous voici en
Tunisie, chez les musulmans. Ne vous a-t-elle pas
confié qu'elle avait tâté de l'Arabe, cette pourri-
ture? La femme d'un descendant de Godefroy de
Bouillon, mort empoisonné par un Infidèle, le cher
martyr. Une Mouillechaglate pomper un sémite! Je
la répudie! Le divorce n'est pas reconnu chez les
Mouillechaglate, mais l'annulation par Rome, si! Je
téléphone immédiatement. D'autant que ce Jean-
Paul II n'a pas l'air d'un déconneur, lui. Polak peut-
être, mais église-église, hein! Le petit doigt sur la
chaîne de l'encensoir. Vous n'auriez pas son numéro
privé sur vous, commissaire? Ça ne fait rien, je vais
le demander aux Renseignements, et aux Renseignements Généraux si les autres sont défaillants. Ainsi
Madame pourra retourner au bordel natal. Il y a des
moments, commissaire, vous savez ce que je redoute
d'elle? La vérole! La vraie, la grande. Après chaque
étreinte, je me demande si cela va être pour cette fois.
Je passe ma vie à examiner ma queue, commissaire.
Je la scrute; comme une maman de l'île de Sein
scrute l'horizon par gros temps. Je m'attends à y voir
lever des boutons, voire des bubons, des plaques,
bref, de ces inflammations ou gonflements infâmes
qui déshonorent la verge d'un homme. Je sais ce
qu'est le suspense, commissaire. Le suspense, c'est

chaque fois que je pisse! Vous pouvez l'arrêter, elle a
sûrement tué Clotaire. Le fait qu'elle vous ait menti
en dit long sur sa culpabilité! Salope et meurtrière,
elle ne m'aura rien épargné. Je vais dire à mes gens
de lui préparer une petite valise pour la prison où,
m'a-t-on dit, les nuits sont fraîches!

Et il s'en va.

*
* *

— Réponse? fais-je à Sidonie de Mouillechaglate.

Elle est hautement rageuse, l'écrivaine. Marche de
long large en se pétrissant les doigts. On devine des
éructations intérieures, des malédictions qui s'accu-
mulent.

S'arrêtant soudain devant moi, elle me dit :

— Ce type, je n'aurais jamais dû l'épouser, commissaire. Si je vous disais qu'il a un testicule qui lui
tombe aux genoux. De plus, c'est un incapable. Je
fais tout ici, je gère les biens, j'écris des articles, je vis
pour deux.

Elle baisse le ton et, de ce fait, pour se laisser
écouter, se rapproche de moi. Sa poitrine miraculeusement échappée aux pyromanies du cousin me
frôle d'abondance comme deux cornes du même
nom.

— Qui vous dit, commissaire, que ce n'est pas lui
qui a trucidé l'ami Clotaire? Jaloux comme il est, ce
pédant! Bon, il assure que je suis allée en forêt le
4 avril; ne m'en souvenais plus, mais possible après
tout; ne vis pas avec un calendrier dans la tête, ai
bien assez de celui où je consigne mes époques, ne
réfuterai pas le fait davantage, me suis trompée, cela
arrive à tout le monde et surtout aux innocents. Mais
lui, l'affreux type, aigri, bilieux, sadique, qui vous dit
qu'il ne m'a pas suivie? Et puis ensuite, bouillonnant
de basse rancune, n'a pas révolvérisé Bruyère?

Nuance, commissaire : je n'accuse pas, je suggère. Lui m'accuse au petit bonheur, moi, je me contente de vous objecter : mais, après tout, hein? N'est-ce pas la poule qui chante qui a pondu l'œuf? Essayez donc de savoir ce qu'il a fait dans l'après-midi du 4 avril, très cher. Inspirez-vous d'Agatha Christie, Agatha, la souveraine, la géniale, la druidesse du roman policier. Renseignez-vous auprès des domestiques, des voisins, des gardes-chasses, cette engeance pullule en Sologne. Il n'existe pas plus fouineurs qu'eux. Combien de fois avons-nous été surpris sur le fait, Clotaire et moi, alors que je lui taillais une pipe forestière, contre le fût d'un chêne, tandis que les grenouilles des étangs chantaient en grégorien autour de nous et que les frondaisons frissonnaient dans le vent venu de la Loire; joli, n'est-ce pas, commissaire? Oui, j'ai quelque style, dommage que ces gens du Goncourt ne s'en aperçoivent pas, mais ils ne s'occupent en fait que de leurs propres livres; le drame des académiciens, c'est qu'ils demeurent des écrivains. Et cependant, hein? Ainsi comblés, ils pourraient renoncer! Couronner ou faire chier les autres, c'est assez pour accomplir pleinement sa vie professionnelle; mais non : leur esprit de conquête n'est pas calmé pour autant. Quand ils sont de l'Académie, ils guignent le Nobel ou intriguent pour être ministres. Une promotion sociale reste toujours une simple marche, il faut continuer l'escalier. Et c'est quoi, la plate-forme terminale? Le Panthéon? Une plaque de rue? Qu'en pensez-vous?

— Je pense qu'il est surprenant, madame, qu'ayant eu un rendez-vous galant avec Clotaire de Bruyère quelques instants avant son assassinat, vous n'en ayez pas informé la police.

Poum! La douche lui choit dessus, bien froide, bien drue.

Elle me regarde sans tu sais quoi? Sans aménité. Je

la dérange, je l'agace, il y a un début de haine dans sa prunelle.

— Mais bon Dieu, commissaire, que j'aie sucé M. de Bruyère avant son décès n'a aucune importance. Vous me voyez, aux assises, racontant la chose devant tous les chroniqueurs de France et de Navarre?

— Madame, réponds-je, personne en ce monde n'est dispensé de dire la Vérité, toute la Vérité et rien que la Vérité. N'importe les conséquences.

— Tout de même...

— Non, madame. Pas tout de même.

On s'affronte carrément, z'œils dans z'yeux, sans se lâcher du regard.

C'est elle qui flanche la première.

— Au moment où ce cliché a été pris, aviez-vous déjà accordé à Bruyère les faveurs qu'il attendait de vous?

— Oui, je venais tout juste de me relever.

— Le petit photographe a tiré son cliché, et ensuite?

— Il a ramassé son matériel et a poursuivi son chemin.

— Et ensuite?

— J'ai pris congé de Clotaire.

— Immédiatement?

— Presque.

— Où se trouvait son cheval?

— Attaché à la branche basse d'un arbre, à une centaine de mètres. Clotaire s'éloignait de la bête pour ne pas être vu d'elle au cours de nos... effusions. Il prétendait que sa monture avait un regard humain qui le troublait et l'empêchait de jouir convenablement.

— Et votre voiture?

— Je l'avais remisée à l'intersection de deux allées cavalières, sur un petit terre-plein réservé à cet usage.

— Vous êtes rentrée directement ici?

— Pas ici, je me suis rendue chez les Tanva la Cruchalaud, à une dizaine de kilomètres.

— Vous y étiez attendue?

— Pour le thé.

— Et votre mari?

— Non, pas lui. Adolphe est un ours.

— Si j'en crois vos exquis penchants, madame, cet ours ne peut se plaindre d'être mal léché. A quelle heure êtes-vous arrivée chez vos voisins?

— Si vous croyez que je m'en souviens.

— Il le faudra bien, pourtant.

— Disons, autour de 16 heures.

— C'est-à-dire après le décès du comte, puisque sa mort se situe entre 15 et 16 heures. Le photographe excepté, vous n'avez remarqué personne dans cette partie de la forêt, soit avant, soit après votre rendez-vous?

— Personne, si ce n'est un groupe de cavaliers sous la conduite d'un moniteur, avant l'arrivée de Clotaire. Ils fonçaient au galop en direction d'Orléans.

— Vous connaissiez Gaspard d'Alacont?

— De nom, Clotaire nous en parlait parfois, pour se lamenter; c'était un homme rigoriste et cet élément trouble de la famille l'empêchait de dormir.

— Mais vous ne l'avez jamais rencontré?

— Au grand jamais. Cela dit, je ne partageais pas les sentiments de Clotaire à son sujet. Les temps évoluent et il est bon que les Grandes Familles possèdent leurs loubars, elles aussi. La plèbe n'a pas l'exclusivité de la délinquance, que diantre!

Je fais quelques pas mélancos autour de la donzelle. Voilà que je m'ennuie. S'il y a une chose dont j'ai horreur, c'est des interrogatoires classiques (à la Agaga Christie, justement). Le côté : « Que faisiez-vous, le 4 avril 1976 entre 15 et 16 heures? »

me coupe l'élan. T'as un individu en face de toi, tu le suspectes, il le sait. Tu lui poses des questions pour tenter de le coller, lui, te fait des réponses pour te désamorcer. Chat et souris ; l'horreur ! Je préfère tant tellement y aller franco, bille en tête. Finasser, c'est bon pour les viceloques. Je sais des collègues à moi qui font cela très bien et qui mouillent leur kangourou du panard que ça leur procure. Moi, ce que je ressens dans ces instants-là ressemble à de la honte. J'ai honte d'inquisiter. C'est dégradant, je trouve.

Elle suit attentivement mon déplacement circulaire. Tout est calme. On entend chanter un coq dans la basse-cour. Le « cousin » Pinaud du Treuil du Naninana s'est assoupi entre les bras d'un fauteuil Louis XV — hélas (dans mes appréciations mobilières, j'ai le Louis XIV-beurg, le Louis XV-hélas, le Louis XVI-pouâh, l'Empire-à-chier, le Charles X-brrrr, le Napoléon III-branlette).

Je me pose la question suivante : « Cette follingue a-t-elle tué Clotaire de Bruyère ? » Je me la pose en mon âme et conscience. La réponse me vient, formelle : « Non ! »

L'instinct, l'élan intérieur. Non, je ne peux l'imaginer foudroyant le bonhomme. Tout comme je n'imagine pas le pauvre Gaspard en train de révolvériser son parent.

Et Adolphe de Mouillechaglate ?

Pas pareil. Possible. Il a la gueule à commettre n'importe quoi, y compris une action héroïque. Il peut être le Dr Petiot aussi bien que l'abbé Pierre. Il est de ces gens qui se conservent pour leur usage personnel et qui n'hésitent pas à se mettre à contribution lorsqu'ils estiment que besoin est. Il joue les foufous pour unissonner avec sa mégère, mais chez lui ça sonne faux.

— Une dernière question, madame, ensuite je vous ficherai la paix. Lors de votre dernière rencontre (car vous êtes l'ultime personne à avoir vu Bruyère vivant si l'on excepte son assassin) avez-vous remarqué quelque chose d'anormal dans le comportement de votre ami?

Elle s'apaise, comme le grand vent quand vient la petite pluie que tu sais. Son pittoresque laisse place à du souci. Du vrai souci, qui transforme le front en accordéon.

— Eh bien, je ne sais si je fais bien de vous le dire, mais je vais vous le dire tout de même.

Elle prend une ponctuation.

— Clotaire était très préoccupé par un singulier travail de traduction qui lui avait été confié.

— Quel genre?

— Un document en provenance de Chine qu'un journaliste français avait découvert lors d'un reportage à Pékin. Ce garçon, qui faisait partie d'une Agence de Presse, accompagnait là-bas notre ministre de la Mécanographie. Il a acheté, chez un antiquaire — car, contrairement à ce que le public français s'imagine, il existe des antiquaires en Chine — un vase extrêmement ancien, de l'époque Pôv Kon. Las, la précieuse potiche s'est brisée pendant le voyage de retour et notre journaliste a alors eu la surprise de découvrir un parchemin que l'on avait caché dans le fond du vase en coulant du plâtre pardessus. Intrigué, il s'est mis en quête d'un traducteur, a montré sa trouvaille au maître d'hôtel d'un restaurant chinois où il fréquentait. L'homme a été incapable de lire le texte. Notre journaliste obstiné a fini par aboutir chez Clotaire.

Pinaud s'étouffe en dormant, il émet à plusieurs reprises le cri d'un embrayage naze que l'on sollicite pour rétrograder.

— En quoi ce fameux parchemin préoccupait-il tellement M. de Bruyère? demandé-je à bon escient.

— D'abord, explique Mme de Mouillechaglate,

parce qu'il avait un mal fou à le traduire, ensuite
parce que plusieurs correspondants anonymes lui ont
téléphoné pour s'enquérir de l'avancement de ses
travaux.

— Qu'appelez-vous des correspondants anonymes?

— Des gens qui lui proposaient de très fortes
sommes d'argent pour qu'il leur accorde l'exclusivité
de la traduction.

— Et le document en question était relatif à
quoi?

— Eh bien, selon les confidences de Bruyère, il
traitait d'une découverte susceptible de changer la
face du monde. Il s'agissait d'une espèce d'arme
absolue.

— Et un tel texte était rédigé dans un dialecte
perdu de Chine?

Sidonie hausse ses gracieuses épaules.

— Que vous répondre? Je n'en sais pas plus long
que ce que je viens de vous dire.

— Bruyère vous a dit le nom du journaliste qui a
découvert ce mystérieux parchemin?

— Non, et me l'aurait-il dit, je l'aurais oublié.

— Au moment de sa mort, avait-il terminé son
décryptage?

— Je l'ignore.

— Que sont devenus les gens qui le servaient?

— Eh bien, il n'avait plus que deux personnes, une
toute vieille femme, Marie Tournelle qui je crois bien
lui avait servi de nourrice, et le fils de celle-ci, un
grand gars un peu jobastre, mi-palefrenier mi-
jardinier, et valet de chambre d'occasion, Henri.
Depuis qu'il vivait séparé de son épouse, Clotaire ne
quittait plus sa bibliothèque, il avait aménagé une
chambre dans la pièce contiguë.

Elle se tait, regarde dormir cousin César lequel

sourit aux anges folâtres peuplant son chétif sommeil décadant.

— C'est un être d'une douceur exquise, n'est-ce pas? demande-t-elle en le désignant.

Et de s'approcher de lui pour, doucement, câlinement, flatter d'une main de velours la braguette flasque du bonhomme.

J'en profite pour partir à la recherche d'Adolphe. Le larbin m'apprend que Monsieur est parti comme un fou au volant de sa Rolls immaculée (et immatriculée) en parlant d'avocat et de séparation de corps.

— C'est un jaloux? lui demandé-je à brûle-pourpoint, malgré qu'il ne soit que valet.

Le cher garçon sourit avec l'air d'en avoir deux, ce que je lui souhaite tout ce qu'il y a de volontiers.

— Pensez-vous, il est parfaitement au courant des fantaisies de Madame. Il sait bien que Madame lui est fidèle et que si elle fait des pipes à droite et à gauche, c'est par marotte de collectionneur; mais que ça ne va pas plus loin. Madame a des apparences frivoles, un parler quelque peu relâché, des attitudes parfois équivoques, mais Madame est une femme sérieuse. Si elle suce beaucoup, c'est uniquement par gourmandise, voire simplement par curiosité.

— Et Monsieur?

Le valet prend son air le plus simiesque. Matois et torve, un air de maquignon normand qui va te fourguer un vieux cheval de labour en t'assurant que c'est un demi-sang.

— Ah! Monsieur! Alors là, Monsieur! Je n'en dirais pas autant de lui. Toutes les occasions de tremper lui sont bonnes. Le queutard type. Plusieurs tringlées dans la même journée ne lui font pas peur. C'est beau, à son âge, non? Je l'ai eu vu embroquer sa femme, la mienne et la lingère en une seule après-midi. Chapeau!

— Vous ne vous rappelez pas ce qu'il faisait le

dimanche 4 avril 1976 entre trois et quatre heures de l'après-midi, par hasard?

— Oh, si, monsieur. Je pense qu'il était en train de tuer le comte de Bruyère.

AUTOPSIE D'UN COUP DE FOUDRE

L'auberge Saint-Hubert, à La Celle-Tontaine, Loiret.

C'est une bâtisse tout en longueur, prolongée par des écuries désaffectées qui, maintenant, servent de remises à voitures.

Deux salles en enfilade, de petites dimensions, dont la plus vaste comporte une cheminée de briques surmontée d'une tronche de cerf. Les murs sont recouverts d'une indienne fatiguée, dans les tons gris. Le mobilier est rustique, des cuivres conventionnels miroitent dans des pénombres et les fenêtres à petits carreaux sont munis de rideaux bonne-femme à carreaux plus petits encore.

Une patronne jeune et dolente, un chef jeune et courageux, virilisé d'une solide moustache blonde. Une serveuse dodue à l'œil cochon.

On s'installe, la Pine et moi, on commande une assiette de cochonnailles et du vin rouge frais.

Et puis on dit comme ça à la dolente taulière qu'on raffolerait parler au dénommé Henri Tournelle, lequel, selon la rumeur publique, travaillerait à l'auberge.

La personne à qui je m'adresse est un poil lymphatique, blêmasse, bouffie sous les prunelles, comme une qui a trop baisé sans jouir, trop joui sans

baiser, de l'albumine, passé la nuit à fumer, un taux
historique de cholestérol, voyagé dans un train
yougoslave, trop bouffé de fondue bourguignonne,
des règles douloureuses, une maman cartomancienne,
la cervelle horizontale, une chiée de grossesses
inabouties, de l'insuffisance hormonale, raté son
certificat d'études primaires, pris trop de somnifère,
la flemme, l'intention de ne pas avoir d'intention, le
passé devant soi, l'avenir derrière soi, un père
alcoolique, les canaux lacrymaux obstrués, jamais lu
mes livres.

Elle tente désespérément de comprendre ce qu'un
homme comme moi peut avoir à dire à un homme
comme Henri Tournelle, n'y parvient pas, y renonce,
demande à Paulette, la serveuse, d'aller chercher
Riri. Ladite part quérir ledit. Le chef à moustache se
pointe avec ses cochonnailles. Lui, il est tout heureux
d'exister, de se dépenser, d'avoir une auberge, une
bonne femme ravagée par tout ce que j'ai énuméré
quelques lignes plus avant, et un II dans le Gault et
Millau sur la Sologne. Tout lui est pied, comme
dirait si joliment Madame Paris (comtesse de, reine
de France par effort d'imagination).

Il parle et corne d'abondance. Dit que son cochon
est le meilleur de Sologne, son vin le plus fameux de
Loire. Sa cuisine la plus courue à deux cents mètres à
la ronde, tout ça, et d'autres choses enthousiastes,
bien joyeuses, tonifiantes ô combien. Tout joyce qu'il
est d'avoir tringlé Madeleine, cette noye pendant son
sommeil et filé sa main au réchaud de la servante,
pour dire de se faire un doigté avant les feuilletages.

Et alors, bon, Henri s'annonce, tout intimidé,
humide d'inquiétude, de qu'est-ce-c'est-c'type-qui-
d'mande-après-moi-cré-bon-gu?

Il soutirait du pinard à la cave. Y'a des traînées
odoriférantes sur son gros tablier bleu. C'est un bon
gars, Riri, ça se voit de loin, comme le Sacré-Cœur.

Le sourire emprunté et jamais rendu, le regard qui
cherche à se vouer, une belle expression pour saint de
vitrail, si on vitraillait des saints très cons. Je lui
tends la main, il s'assure qu'il n'y a rien dedans et la
serre.

— Vous permettez que je bavarde un peu avec
votre employé? je demande au chef.

Pour le coup, il rembrunit, le Gaulois. Appréciant
tout, il sait la valeur de tout. Chiffre déjà dans la
colonne du manque à gagner les minutes perdues par
son employé, à cause de moi.

— Vous le connaissiez? s'informe-t-il.

Je lui montre ma carte. Là, il a le sursaut salutaire,
celui qui fait oublier les préoccupances secondaires.
Une carte de flic, ça n'impressionne plus que les
honnêtes gens de province. Sinon ça fait marrer les
voyous et rechigner les intellectuels.

Lui, il est de la catégorie qui se laisse encore
intimider.

Des idées noires lui escadrillent la gamberge.

Quoi, qu'est-ce à dire? Les poulets après Riri? Le
valet serait-il un douteux? Un gibier de potage?
Traînerait-il un casier judiciaire le long de ses casiers
à bouteilles? Oh là! Oh là là!

Je le rassure.

— Henri Tournelle a servi chez M. de Bruyère,
qui mourut assassiné en 76. Un complément d'enquête a été ordonné et j'ai besoin de réentendre son
témoignage.

Mais ça ne lui dissipe pas pour autant les soupçons
au bergiste.

— Riri aurait-il trempé dans l'affaire?

— Grand Dieu non, mais...

Et alors, tu sais pas? Oh! non, attends que j'écluse
mon verre. Voilà, il est bon. Du Bourgueil, je le
raffole ce pinard. Il a un goût de France peinarde,
pas bileuse.

Imagine-toi qu'au moment où le chef de moustache demande « Riri aurait-il trempé dans l'affaire »? l'intéressé se rend intéressant puisqu'il s'enfuit en courant. Tu me crois pas? Demande à
Pinaud! Hein, Pinuche, que le gars se sauve à gorge
déployée? Ah! tu vois! Et César, tu peux le croire : il
est incapable de mentir quand il ne s'agit pas de lui.

Ce que je fais alors? Je vais t'y dire. Auparavant
on va passer une page de publicité.

Un événement dans la presse française :

« LE MONDE »

Le plus à droite des journaux de gauche.
Le plus à gauche des journaux de droite.
Son élite!
Son Poirot.
Son Delpech.
Son Baroncelli.
Son Escarpit.
Ses pages couleurs.

En vente dans le monde entier, y compris en
France métropolitaine.

Donc, Riri détale.
Ce qui est absolument, rigoureusement, extrême-
ment inattendu.
Et qui ne laisse pas de me plonger dans la
perplexité.
Bien sûr, je rebuffe la table, renversant la bouteille
de Bourgueil sur la nappe à petits carreaux.
Traverse la salle au pas de décharge (tant tellement
je vais vite).
Et qu'aspers-je?
Le valet de cave qui court comme un qui a des
ratés en direction de la forêt ambiante.

Vais-je le poursuivre?

Son avance n'est pas telle qu'elle ne puisse être comblée, comme on dit puis dans les faubourgs parisiens. Mais moi, crois-moi ou non, je n'ai pas envie de galoper derrière lui. Question de dignité. Le courser dans l'espoir de lui placer un placage, de l'emparer par le collet, de le houspiller d'importance pour l'obliger à révéler les raisons de sa fuite, voilà qui me paraît sot, vain et dérisoire.

Tout ce dont je me contente c'est de crier : « Tournelle! vous êtes complètement idiot! »

Mais il ne stoppe pas pour autant.

Songeur, — on le serait témoin — je retourne à l'auberge où Pinaud grignote des cornichons pendant que le taulier lui fait part de ses éberluements.

— Alors? me demande ce dernier, à moi qui suis le premier. Riri serait l'assassin?

— Pourquoi?

— Mais... la manière dont il s'est enfui en apprenant que vous étiez de la police?

— C'est son problème, assuré-je en piochant une côte de porc.

Il est surpris de me trouver dans de telles dispositions d'esprit.

Et moi, je gamberge à l'événement, et je me dis que, franchement, je ne le crois pas coupable, le gars Riri. C'est systématique chez moi, hein? D'Alacont, la Mouillechaglate, Tournelle... Je les blanchis d'instinct, sur leurs mines. Et pourtant, la suspicion plane sur eux comme des condors de la cordelière des Andes sur un accident de la route.

Moi, souvent, tu remarqueras : plus un gonzier paraît mouillé, mieux j'ai tendance à le blanchir. Le procédé Agaga que causait la Mouillechaglate, quoi!

Le chef regarde sa bonne femme qu'on paraît avoir fait bouillir dans un court-bouillon aux poireaux.

— Non, mais tu te rends compte, Mado? Nous avions engagé un criminel!

Mado ne se rend compte de rien. Boire des cafés au lait et faire des additions, c'est tout ce dont elle peut. Hormis, elle stagne comme une vache crevée dans un étang.

— Dites, monsieur le commissaire, cette histoire ne va pas nous valoir d'ennuis, j'espère? Tournelle n'est chez nous que depuis huit mois, vous savez, et on n'a jamais rien eu à lui reprocher...

— J'en suis persuadé. Il a toujours sa mère?

— Oui, mais elle est impotente dans une maison de retraite d'Orléans : « Le Coucher du Soleil ».

Je cesse de m'intéresser à l'homme en blanc (excepté une tache de sauce bordelaise à la manche droite). Si bien que, indécis et troublé, il se rapatrie dans ses cuistances. La Mado se remet la bride du soutien-chose en place. Elle a des points noirs sur le pif. Je me demande à quoi elle sert dans la vie. J'aime bien attribuer une utilité aux gens, même vague et menue, pour dire de me les justifier. Elle, je parviens pas à lui trouver un brin d'occupe. Elle est là, hautement végétative, plus végétale qu'animale, plante en pot, mais pas ornementale. Ça se traîne, ces trucs-là. C'est négatif, improbable, mais cela occupe un volume, consomme de l'air et des calories pour rien restituer à la place, pas même un regard, un sourire, un quelconque sentiment. Elle pourrait servir de trou, mais à qui? Le taulier l'a ramassée en passant sa vie. Elle a su l'accrocher, parler à quelque chose de mystérieux qui est dans la gamberge du bonhomme. Et puis bon, elle est là, auberge Saint-Hubert à la Celle-Tontaine, et faudrait écrire un livre sur elle, la Mado. Un gros book plein de péripéties intérieures, une vachetement copieuse biographie, plus riche que celles à Victor Hugo, Napoléon, Hitler, un monstre bouquin qui la contiendrait extrêmement toute, Madeleine, avec ses points noirs, sa peau blette, ses prunelles éteintes, son cycle perturbé, sa morose connerie en stagnation (de Faust), sa caisse, son tricot, des trucs rampants, incertains, ce Rien qu'elle est issue, Mado. Floue et morte d'avance. Un être qui vaut pas la peine. Qu'est nul, qu'est là. Qui regarde sans voir, qui mange sans saveur. Qui pisse aux besoins. Graine crétine inaboutie. Manque à vivre. Inféconde. Et pourtant à considérer comme existante, donc sacralisée par le phénomène vie. Oh! oui, cette biographie de Madeleine Moulfol, je la sens me venir à bout de plume, toute, magistrale, glorieuse, plantée à la face de ses contemporains. Cinq cents pages, huit cents, peut-être? Papier bible. Pléïade! *Madeleine Moulfol* c'est tout. Simple, terrible : *Madeleine Moulfol*. Et puis tout dire, rien rater, l'à quel point qu'elle est peu, mais qu'elle est pourtant. Sa formidable insignifiance. Son inertie haut voltage. Histoire de truc épavique, qu'on avait pas besoin, personne, pas même le connard à moustache et ris de veau aux pointes d'asperges. Et puis qui se trouve parmi nous, emmiraclée de gris, suintante, je probabilise; ça, sûrement suintante. Ces machins-là, ça ne fait pas de bruit, ça fait des taches. Pas des larges, pas des très marquantes : des taches évasives, les pires. Des qui font frémir. Qui donnent à penser. Suinteries de monstre. *Mademeine Moulfol;* tu vois, ça y est, je pars à l'écrire. Adieu polar, policerie de merde, action, coups de théâtre de Trafalgar Square. Adieu, l'assassinat du comte de Bruyère, la Mouillechaglate bien suceuse, le Riri tordu qu'enfuit à ma vue. Et d'Alacont dans sa cellule. Je ferme mon épicerie. Je préviens mon aimable clientèle de chiasse : dorénavoche, il n'y aura plus de livraison de livres. L'Antonio entreprend son œuvre, la vraie très belle qu'on attendait, le monde entier, en retenant son

souffle. Il écrit la vie de *Madeleine Moulfol*. Pendant
des mois il sera hors circuit, l'Antoine, pas la peine
de vouloir le contacter. Zabonnés absents, courrier
en souffrance. La Félicie le ravitaillera en silence,
prenant grand soin de pas poser ses pieds-maman sur
les feuillets épars bourrés de Mado Moulfol, la
tissant mot à mot, ligne à ligne, racontant bien son
existence excédentaire, son absence toute-puissante
d'intérêt. Sa faloterie qui donne à chanceler. La
signification profonde, obscure, d'un être tellement
minime. Le dépassement humain d'une telle quelcon-
querie. Je te dis que me v'là à l'écrire, la vie édifiante
de Mado l'insipide, de Mado l'infime. Elle me
transporte, moi, cette personne. Je la veux héroïne.
Huit cents, mille pages! *Madeleine Moulfol*. Je vois la
couverture dans les librairies. Des pacsifs commak,
près de la caisse. Le titre en rouge, que ça se voye
bien. Et sa gueule sur la couvrante, à Mado : points
noirs, peau grise, z'yeux surcons. Tout sur Madeleine
Moulfol! Son absence, sa moins-que-riennerie. Cette
femme si vaine, posée dans l'auberge Saint-Hubert à
La Celle-Tontaine (Loiret). C'est quoi, son volume
réel dans l'univers, la Mado? Comment faire? Ah! je
sais. Tu remplis une baignoire aux deux tiers. Tu la
choisis bien rectangulaire, pas te compliquer la vie,
tu calcules le volume de la flotte (longueur × lar-
geur × hauteur). Ensuite tu flanques Mado dans la
tisane, immergée complet, surtout qu'elle bouge pas.
Tu recalcules le nouveau volume (cette fois t'as juste
la hauteur à mesurer), ensuite tu défalques le premier
du second, et alors là, pile, t'obtiens le volume à
Madeleine Moulfol, au centimètre cube près, comprends-tu? Moi, ça m'intéresserait son volume exact,
Mado. Pourquoi? Je peux pas te dire. Tout m'inté-
resse chez elle. Son trou du cul, tiens. Je suis sûr,
parti comme je suis, qu'il me passionnerait en plein.
Je le photographierais en gros plan, rien perdre du

moletage. Et ensuite, à bout de contemplation
fascinée, je te le raconterais en termes surchoix,
sélectionnés à vif, entièrement créés par moi : zob
aux Larousse, Littré, Robert. Le santonien moderne.
Intégral, taillé dans la masse à la demande. Tu
saurais son plus fou cheveu fou sur sa nuque
dégueulatoire. Les pores de sa peau. La manière
qu'elle tournera crocodile, le temps poussant. Faut
aimer l'homme pour qu'il te vienne des envies
pareilles, te le dis! Le vouloir absolu. L'à tout jamais
sanctifier, l'envénérer de toutes parts. Que sa gloire
rayonne en Madeleine Moulfol. A travers les siècles
et les cercles, par-dessus les galaxies à Gueulderaik,
le robot penchant. L'homme qui se désengendre
doucettement. S'inaboutit d'une génération l'autre.
Mado, chrysalide de nullité. Ultime représentation
discernable entre pas grand-chose et rien du tout.

Gloire à Mado Moulfol, elle m'excite, cette gonzesse. A ce point non avenue, si proche de l'abstrac-
tion; si dépouillée de la panoplie humaine! Oui :
gloire à sa stupéfiante inertie intellectuelle; à son
quasi-effacement physique. Huit cents, mille pages
sur le phénomène de la présence absente. *Madeleine
Moulfol*. Deux mots à immortaliser. Qui feront bloc
dans nos futurs en dégringolade. Madeleine Moulfol
parmi nous, fumée d'être, ectoplasme incertain,
projet d'annulation complète. Prions pour elle, pour
la réussite de mon livre. Amen.

Elle se remet la bride soutiengorgeale en place, ai-
je dit avant que de partir en déconnage contrôlé. Son
regard est tout vaporeux, mais un peu gluant
cependant, à l'instar (comme on disait à Hollywood)
de certains brouillards.

Je te jure qu'il me prend envie d'elle. Un féroce
besoin d'embroquer cet être tellement évasif. Copuler
dans le flasque, dans le mou et l'indolence. Verger

Madame d'importance, tenter l'impossible : de lui
arracher un frémissement, voire un soupir (pour faire
le pont).

Je lui souris. Elle reste lunifiée, grisâtre, soufflée
comme ces champignons qui ne sont même pas
vénéneux. L'espèce « vesse de loup ». Frais, c'est de
la barbe à papa, passé, c'est une aumônière à soufre.

On bouffe en silence, Pinuche et moi. Il rêvasse à
sa cousine de Mouillechaglate, je le sais. Un vieux
tendeur, Pinuche. Il ressemble à un cintre à habit de
teinturerie, en fil de fer noir; mais pour la bricole, il
est pointant, le Débris. Toujours prêt à clapper un
frifri ou à fourrer son cigarillo biscornu dans les
orifesses à dispose. Un vieux bandant, branlocheur.
Gentil, efficace mine de rien. Pas la verte tringlée que
non! il a pas la baise héroïque. *Cavalleria Rusticana,*
c'est point son style, au vieux crocodile. Il brosse
façon pèlerin, Lapinuche. Il est gravisseur dans le
coït, *chi va piano* va longtemps. Rien du fourreur
d'élite, à la Béru, qui lime en trombe, en trompe. Lui,
c'est la pointe avec sac à dos, alpenstock, passe-
montagne. La crampette méthodique. Les dames
d'un âge aiment bien. Il voit venir son panard, le
Birbe, le distingue dans les lointains de la lonche.
Alors il part à sa conquête, coup de rein après coup
de rein, la tête en avant, façon gargouille. Il est
gothique dans l'amour, mon pote. Nous achevons
notre seconde boutanche de Bourgueil lorsque le
téléphone sonne. La Mado Moulfol accomplit alors
une chose inouïse : elle décroche et dit « Allô » d'une
voix bellement mourante. Elle écoute un instant, et
moi, tu sais quoi? Je me lève déjà et la rejoins à sa
caisse parce que mon cent seizième sens m'a averti
que c'était pour moi, ce turlu. Faut dire que je
l'attendais, ayant naguère (de Sécession) tubophoné
à Bérurier pour lui demander un petit turbin en
rapport avec l'enquête. Que, sitôt obtenu le ren-

seignement, il devait m'appeler à l'auberge Saint-Hubert dont je connaissais déjà (j'adore charabiater, ça repose).

Et c'est bel et bien Alexandre-Benoît. La bouche pleine. Des rots à répétition, pas ses tout grands qui font sursauter les foules, mais des biens secs, plutôt ponctuateurs si tu vois ce que je veux dire?

— Bon, j'ai parvenu à savoir qui qu'c'tait que c'journaliss qu'avait été en Chine av'c le miniss, en 76. T'as de quoi noter?

— Vous permettez? dis-je à Mme Moulfol, immobile à sa mignonne caisse.

Je contourne la cage en bois travaillé, panneaux serviette, siouplaît, pour une auberge, cela va de soi. Me voici tout contre Mado, superbe derrière sa voilette de points noirs. Je biche son bloc à additions, son crayon qui dansotte au bout d'un ressort fixé à un socle. Elle me laisse faire.

— Tu es belle! lui dis-je à l'oreille.

Elle a un léger, un infime vacillement.

Là-bas, le Gravos mastique en virgulant des renvois contre remboursement.

— T'es paré à la manœuv', Mec?

— Je t'écoute.

— C't'un photographe de l'Agence *Bêta*. Y' s'appelle Léon de Hurlevon.

— Encore un particulé, gouaillé-je, on s'explique dans la noblesse, décidément, avec cette histoire.

— Le gazier en question habite 601, rue de Passy. Tu veux son bigophone?

— Pendant que tu as la bouche ouverte...

Il me le donne, j'inscris.

Repose le crayon qui recommence à trépigner comme un goujon au bout d'une ligne. Ma sinistre main gauche étant libérée, je la pose sur le genou à Mado. Elle la regarde, comme si ça l'intriguait, ce

geste hardi; se demandant pourquoi cette main
étrangère fait escale sur son genou.

— Va faire un tour jusqu'à ma bagnole, sous la
remise, lui soufflé-je, je te rejoins dans quatre-vingt-
dix secondes.

Elle ne bronche pas, m'a-t-elle entendu seulement?
Et qu'est-ce qui me prend de lui parler ainsi, à cette
truie malade, je te demande.

Le Gravos clame des « Allô-quoi-merde » dans
son téléfon.

— Ecoute, Béru, lui dis-je, tu vas essayer de
rencontrer ce mec, le photographe de presse. Tu lui
demanderas s'il a récupéré le document qu'il avait
remis pour décryptage au comte de Bruyère. Si oui, à
quel moment, et également la teneur du texte. Tu as
bien compris?

— Yes, sœur! rétorque le Mastar. Quand t'est-ce
que c'est qu'j'te donnerai le résultat?

— Je passerai à ton domicile dans la soirée.

— Jockey!

Lorsque je raccroche, je m'aperçois que la taulière
s'est esbignée. Sûrement pour aller raconter mes
privautés à son mari. Ce genre de bonnes femmes se
plaint (ou se plaignent si tu es de tempérament
plurielliste) toujours des aubaines qui leur échoient.

Pinaud, dont j'ignore quelle mouche tsé-tsé l'a
piqué, roupille, les deux coudes sur la table, son
chapeau dagobertien incliné bas sur sa face
d'ombres. Car Pinuche est un homme d'ombre,
comme Béru en est un de lumière.

J'avise le chef en converse avec des clilles nouveau-
venus : un couple P.-D.G.-secrétaire, lui dans la force
de l'âge, elle dans l'âge de la force. Ils sont guillerets
des perspectives qui s'ouvrent à eux : bonne bouffe,
bonne baise, ensuite ils rentreront chez eux avec la
satisfaction de l'adultère accompli. Encore un coup
tiré que les Allemands n'auront pas!

Pour lors, il me naît un doute et je quitte la salle à manger pour me rendre au parkinge.

Crois-moi ou cours te faire aimer par les Grecs, mais la tenancière est dans ma chignole.

Elle attend, docile, confiante, prête.

Je lui prends place auprès. Heureusement, le volant est réglable dans ma tire et je peux le placer en position basse, ce qui me laisse plus de latitude pour lui montrer ma longitude, si le cas échéait.

— Pourquoi que vous m'avez demandé de venir? s'inquiète Madeleine Moulfol.

Et quel tort j'ai d'employer le verbe s'inquiéter, car rien n'est plus serin que sa question, ou plus acquiesceur.

Je la mate. De trois quarts elle est moins possible que de face, cette morue. On s'aperçoit mieux de son manque à plaire. Elle commence à bouffir des contours. Elle suife des joues. Y'a du ganglion en instance dans son cou. Les pores de sa peau sont autant de cratères d'où peut jaillir l'Apocalypse.

Je lui aurai fait un sort, hein, dans ce polar de chiotte. Elle m'obsède, me fascine. J'en reveux. Ne peux plus me passer d'elle. C'est le coup de foudre, par le petit bout de la lorgnette, la fascination par l'horreur. Je vais lui consacrer ma vie, ce qui reste, déposer mon reliquat de durée à ses pieds, lui en faire un trône, Mado. Sa fade odeur de femme fadasse me flanque le tournis.

Je lui pose un bras sur l'épaule. L'attire contre moi. Elle résiste pas. Ne résistera jamais, à rien. Défense passive, ou plutôt, défense par passivité. Je lui virgule mon autre main au flipper. J'en aurais une troisième, elle plongerait dans son bustier, tripoter sa mollasse. Elle se laisse manœuvrer, en grande dolence consentante mais surprise.

— Mais qu'est-ce vous voulez? elle me susurre.

Je la raffole, cette truie putride. Elle m'emporte aux sens. Me chavire complet.

Je lui roule une galoche. Sa bouche a le goût de rien. C'est tiède, c'est sans saveur la moindre. Tu peux lui titiller la menteuse, elle est pas hébergeante, Moulfol Madeleine, y'a aucune répondance. Elle laisse flotter. Je lui demande de s'avancer, que je place son dossier en position horizontale. Elle empresse. Bon, je la renverse, elle se laisse bricoler, que simplement, elle s'inquiète d'à quoi je veux en venir. Elle comprend pas bien mon mic-mac. Tout ce circus, elle en distingue mal la finalité. Voudrait un peu piger, pas trop, à son rythme quoi, à sa botte. O joie de la découverte! Récompense de l'explorateur téméraire : son collant n'est pas hermétique. Y'a un orifice admirablement aménagé sur sa face sud, capable de béer quand on l'exige.

Je dois avoir l'air finaud, mézigue, de calcer ce plat de nouilles dans ma chignole. Elle bronche pas, Mado. Je lui investis le trésor l'arme à la bretelle, sans tu sais quoi? Barguigner.

A un moment donné, je la défrime, savoir où elle en est. Certes, j'espère pas de l'extase de sa part, au moins une légère marque d'intérêt, juste qu'elle adhère au principe. Madame contemple le pavillon de ma voiture. Pas qu'elle le trouve joli particulièrement, non : elle le regarde parce qu'il est placé dans son champ visuel; point à la ligne.

Et moi, une telle indifférence à un tel instant, ça me fouette le sang. Je décuple. Les amortisseurs de ma tire sont seuls à réagir.

Quand tout est consommé, je l'aide à se redresser. Puis à sortir de ma guinde.

Elle me dit :

— Pourquoi que vous m'avez dit de venir?

Je l'aime.

LES DENTS DE MARIE

Quand tu arrives au « Coucher du Soleil », la maison de retraite où dame Tournelle a pris la sienne, il te vient un bourdon tel que tu serais tenté de te praliner le cervelet pour t'éviter de devenir vieux.

C'est triste à se pisser parmi, comme disent les Helvètes. Une grande masure délabrée, d'un ocre lépreux, avec des volets démantelés. Un jardin non entretenu où quelques bancs achèvent de vermouler en même temps que les pensionnaires, une grille rouillée, une cloche fêlée, beaucoup d'orties, quelques arbres jamais taillés, que des piverts ont transformés en flûtes; et puis des bruits comme on n'en entend nulle part ailleurs, des bruits indéfinissables, faiblards, confus, agoniques. Il te semble percevoir des plaintes, d'obscures lamentations qui doivent souffler d'une pièce à l'autre comme le vent dans une masure aux vitres brisées.

Nous sommes accueillis (si l'on ose prétendre) par une forte dame en blouse bleue qui est en train de houspiller un vieillard plus vieux que possible, lequel s'est oublié dans son calbute, ce qui n'a rien de surprenant pour un homme lui-même oublié par la mort.

Mme Marie Tournelle? C'est pas le jour des visites! elle glapit.

— Pour nous, il n'existe pas de jour de relâche, assuré-je en brandissant mon éternelle brême, heureusement plastifiée, parce que pardon, à force d'être manipulée, celle-là, elle ressemblerait à du papier-gogue hors d'usage.

La gravosse s'étonne, se replie, mais ne rompt pas.

— Elle est « en » réfectoire, objecte-t-elle.

— Eh bien, nous allons la rejoindre là-bas.

— Interdit !

— Rassurez-vous, nous ne sommes pas venus contrôler les gamelles. Voulez-vous me rappeler où se situe la salle à manger ?

— Au fond du couloir, à droite, cède-t-elle, subjuguée par mon ton autoritaire, mon regard incisif et mon sourire de carnassier à la diète.

**

Ils sont là une vingtaine, au banquet de la vie. Par tables de quatre. Je m'arrête dans l'encadrement de la porte, pris de vertige.

Les pauvres chéris, combien misérables !

Avant tout, il y a l'odeur. Ça pue le fade, la pisse froide, la harde, le vieux. Avec des gestes tremblés, ils fourchettent maladroitement dans du hachis Parmentier, ce con. Les bruits que je te causais un tout petit peu naguère sont lamentables. Bruits de succion, ahanements, onomatopées, chevrotements, chocs flasques des fourchettes dans la purée. Certains s'étranglent en mangeant, d'autres essaient de parler la bouche pleine, d'autres encore rotent à haute et intelligible voix. Et puis, de-ci et là s'élève un rire grêle, sans objet.

Deux femmes de service, blousées de bleu également, gardent le troupeau, sermonnant de-ci, donnant une calotte de-là, servant l'eau tiède, le pain et les recommandations.

Notre intrusion les fait sourciller.

— Messieurs?

— Mme Marie Tournelle, je vous prie.

— Mais...

— Je sais, mais!

Re-brêmouze à convaincre. Alors elles nous désignent une aimable vieillarde enfichurée de noir, à la table du fond.

Marie Tournelle appartient à la partie guillerette des vioques. T'as ceux qui geignent de trop d'ans, t'as ceux qui revendiquent du haut de leur âge; et puis t'as ceux qui sont contents d'avoir du carat et d'être encore laguche pour voir se lever et se pieuter le soleil, mettre du sucre dans leur café, lire la bande dessinée du journal et raconter des potins de jadis. Alors donc, afin de t'en revenir, la mère à Riri fait partie des joyeux. Elle a de grands yeux bleus, pétillants d'allégresse, d'encore gros nichons, un peu de barbe au menton et un sourire édenté qui réussit à ne pas faire vieille sorcière.

Je m'annonce comme étant un copain à son fiston. Elle me demande comment il va, et s'il est toujours satisfait de sa place à l'*hôtel Saint-Hubert,* où, lui-a-t-il dit, il brossait la patronne pendant que le taulier « faisait » les halles de Rungis; ce qui me pince au cœur d'une atteinte imprévue aussi bien que mortelle; mais quoi, il faut savoir imposer silence à ses passions quand on est « en » enquête, non? Qu'autrement ça deviendrait quoi t'est-ce le métier de flic, je vous demande un peu?

Marie Tournelle me prend par le bras en gloussant qu'il me faut observer sa voisine de table, car il va se passer du réjouissant à ne pas laisser perdre, cette vieille connasse et ses mines. La personne signalée a des manières grand siècle. Elle porte une robe de satin mauve, un tantisoit ravagée par les décades, garnie de dentelle jaune aux col et poignets. Un face-

à-main pendouille à son cou, au bout d'une chaî-
nette. Elle est mistifrisée serré, fardée avec un
maximum de discrétion dans l'outrance. Et elle
s'applique à garder grand air, la vieille chérie. Ses
moindres gestes sont empreints de majesté. Il y a de
la reine mère en exil chez cette bonne femme; une
décadence de grande allure.

La manière qu'elle mange son Parmentier dénote
la suprême classe. D'abord, elle ne mange pas : elle
s'alimente. Ne bouffe pas les mets, mais les
consomme. Mastique à croque-menu, souris de
salon, hautement bêcheuse, méprisante par vocation
profonde. Marie Tournelle me résume le pedigree de
la dame : femme d'un consul de France à Odessa,
promu par la suite sous-préfet dans le Cantal, tout
ça, elle a gardé l'habitude des fastes républicains, la
daronne, des grandes réceptions protocolaires montées : baise-mains, gazouillis de perruche, gestes
absolveurs. Tu la verrais, hautaine, dominatrice
encore, son éventail à monture d'ivoire posé au long
de son couteau, et comment qu'elle en use, entre
deux bouchées, froutt-froutt, deux trois petits coups
vite faits pour se rafraîchir la gargoule; la manière qu'elle le déplie, l'éventail, d'un seul petit
geste sec du poignet, le repliant idem, vzoum... Et
puis repiochant dans l'hachis pour porter la becte
entre ses lèvres carmines. Chapeau. La classe!

Ne regarde personne, ni rien, pas même son rata
grenuleux et vaguement merdique. Perdue en ses
pensées, si tu vois? Encore sous les lustres de son
passé sous-préfectoral et consulaire (quel con, çui-
là!). Qu'en plus de sa bien élevance congénitale, elle
est sourde, la vieille. Archipot! N'entend plus rien
d'autre que ses rumeurs personnelles d'autrefois :
Rêve de Valse, Madame est servie, et le bruit des
cristaux au buffet, quand les larbins passaient le
Viandox.

Marie Tournelle peut donc me livrer ses réflexions sans se gêner.

— Vous allez voir, on va rigoler! Ne bougez pas, regardez-la bien manger, ça vaudra le coup!

Effectivement, au bout de deux nouvelles bouchées, la consule s'immobilise. De sa main droite elle saisit son face-à-main, le dégaine d'un mouvement identique à celui qu'elle défouraille de l'éventail. Et elle mate sa pitance. Du bout de la fourchette, elle ménage une espèce d'excavation dans le hachis. Nouvel arrêt, perplexe. Alors, délibérément, elle engage les dents de sa fourchette vers le fond de l'assiette, remonte. Et tu sais quoi? Ce qu'elle arrache à sa mélasse féculente garnie de vianderies de récupération : fonds d'assiette en tout genre, absous par Moulinex, auxquels le broyeur a donné une nouvelle mission culinaire; tu sais ce qu'elle extrait des parmenteries douteuses, la sous-préfète?

Un dentier!

Parfaitement : un vieux râtelier aux gencives de caoutchouc, aux dents jaunies comme natures. Elle est là, la chère dame, pétrifiée, monumentalisée par l'horreur, fascinée aussi, tant son effroi l'emporte aux paroxysmes de la contemplation. Merde, je devrais écrire autre chose, tu me fais chier avec tes conneries policiardes, tout ce talent foutu aux ordures, et la vie si courte! Ah! Je meurs de moi.

Bon, bien, fais pas attention, j'ai mes règles. Je vais poursuivre, m'enfoncer dans le coûte que coûte, l'absolument.

La dadame en satin grand ducal, son face à pogne, un dentier au bout de la fourchette, si abasourdie par sa découverte, chère pauvrette en fin de course. Branlée aux bonnes façons, toujours, dès le berceau promise, tu lui verrais la détresse infinie, tu éclaterais de rire.

La mère Tournelle lui vient au secours, saisit le râtelier à pleins doigts, se l'enfourne tout emparmenté qu'il est, l'assure de ses index habitués. Voilà, il est remis en place, elle prend un autre visage, rigole plus franc, plus massif. Elle est radieuse. Sa voisine tourne alors vers elle un regard de quatre-vingt-quinze kilos, bourré de mépris jusqu'au ras des paupières : les inférieures, celles qui soutiennent.

Puis se lève et écrie d'une voix neutre de sourdingue : « Mon Dieu, pardonnez-leur, car ils ne savent plus ce qu'ils font ». Toute la tablée se met à pouffer, et puis la salle, par contagion, sans bien savoir, de confiance. Un petit avorton qui a sa casquette enfoncée jusqu'aux sourcils, une ogresse au fibrome jamais opéré, des hydropiques, des hépatiques, des vieilles chauves, des aveugles, tout le monde, à se claquer les jambes, à rire en postillonnant le hachis tout azimut, à se contenir les blagues à tabac, à s'en fourbir les couilles flasques, à s'en gratter la barbe, et à péter de joie, à roter de bonheur inconscient. La consule se retire, alors une vieille bafreuse opère fissa un échange standard entre son assiette et celle à l'indignée. Gloup! Du rab. Toujours, le monde est en avidité de rab. Vite qu'on crève pour en laisser : les sauterelles. Le grand cycle : bouffer des restes, les asticots, les héritiers confondus dans un même appétit frénétique. Par ici la bonne charogne. A moi, j'en reveux! J'en ai pas eu mon taf. J'exige mon dû, mes droits! La loi! La chère vigilante, écarteleuse, dépeceuse, charognarde. Prenez et bouffez car ceci est ma putréfaction! Mes résidus. C'est réconfortant, moi je dis, de savoir qu'on va se chicorner un jour pour tes résidus, ton fumier encore tiède. Tu te forges une idée juste de l'homme. Tu abdiques tout orgueil, toute vanité, toute cupidité. On a du mal à s'imaginer l'univers, si minuscule, à quel point il grouille de cloportes.

*
* *

Marie Tournelle, elle veut d'abord manger sa banane avant de parler. Sinon, on la lui barboterait recta. Une tigrée, blette des bouts et si chétive qu'elle ferait pas jouir une communiante.

Elle se la déguste avec technique, sa banana, Marie. En expliquant combien qu'il est fortifiant, ce fruit. La v'là gravissimo, soudain. La santé, on ne plaisante plus, c'est sérieux, trêve de déconne et de dentier farceur. Vieillir, on a beau dire : bon bois, bonne race, d'accord, mais faut tout de même y mettre du sien. Si tu n'observes pas les règles essentielles, parvenu à l'âge branlant tu y vas du pardingue en sapin.

Après la banane, y'a le caoua, mais justement, elle est tricarde de jus, la gentille vieille, because son guignol qui est sur la poulie folle, alors on profite pour l'embarquer vite fait, au salon voisin, une pièce apte à héberger celles de Sartre. « Huis Clos » au milieu de ces fauteuils d'osier déglingués, de ces plantes vertes languissantes, ça paierait, je te promets.

Comme tous les gens âgés, elle n'a que le souci d'elle-même, Marie Tournelle. Les problèmes des autres ne la concernent plus. L'âge fait taire la curiosité entre autres. Qu'on débarque dans sa crèche d'agonisants en goguette ne la surprend pas. C'est comme ça. On est là, et puis voilà.

Malgré tout, pour la bonne règle, je lui tisse un petit canevas maison. Journalistes, nous sommes, habitués de l'*Auberge Saint-Hubert*. On y a fait la connaissance de Riri. Sympathique garçon, en vérité. Spirituel, cœur sur la main, beau, intelligent, et tout et tout, on lui tartine son cœur de mère, à Marie. Lui mouille et remouille la compresse pour s'attirer ses bienveillances. Note que son fils, maintenant, il est loin de l'asile. Il s'efface doucettement dans ses passés, à la brave femme. Il appartient à une autre époque révolue de fond en comble.

Et bibi, imperturbable, d'expliquer qu'on va écrire un beau livre sur l'affaire de Bruyère. Un gros, avec photos, pour bien narrer l'histoire, ses tenants et aboutissants dramatiques.

Je la branche sur le feu comte. Là, elle décarre à la manivelle. Au début il se produit des ratés, ça tousse et s'arrête, faut recommencer, y aller dans l'obstination gentille. Pas chialer sur le starter tant que le cerveau est froid. Et puis ça se met à tourner à peu près rond, en continu. Et ainsi, on obtient le pedigree à M'sieur de Bruyère, tout bien : elle qui lui a servi de nourrice sèche, positivement, avant qu'elle se fasse épouser par Tournelle, le valet d'écurie, mort il y a longtemps d'un grand coup de sabot dans les couilles en soignant une jument rétive. Le petit comte elle le dit bien : bouclé et déjà vicomte, gentil. La manière qu'elle le branlait un peu dans son berceau pour l'endormir, à la mode paysanne d'autrefois, si efficace. Et puis il grandit. Il est studieux. Premier partout. Il l'aime comme une seconde maman, sauf qu'un matin, il l'enfile, la Marie, tout de go, tandis qu'elle raccrochait les rideaux de sa chambre, juchée sur un escabeau.

Le chéri !

Il était en train de potasser un énorme vilain bouquin relatif à la sémantique dans le mongolien moyenâgeux. Elle accrochait ses rideaux. Il est venu par-derrière, lui a filé la main au réchaud, droit direct, si vivement qu'elle est tombée de l'escabeau. Sans se blesser heureusement car elle a pu s'agripper à Clotaire *in extremis* (un latiniste comme lui, ç'eût été malheureux, merde !). Ensuite, elle a eu beau protester, lui dire que ça n'était pas sérieux, il l'a embroquée de première, sur son plumard vicomtal, rrran! Une ardeur d'intellectuel surchauffé. Y'a qu'eux pour bien baiser, elle assure, Marie. Si l'intelligence est pas de la partie, tu n'obtiens qu'un coït de taureau. Elle a bien vu avec son mari, ce con, qui fourrait comme il bouffait, les coudes écartés, en faisant un bruit de pompe dégrenée.

Par la suite, il a continué de la tromboner de-ci delà, sa nounou, pas souvent, une ou deux fois l'an, selon les circonstances. Un type bien, le comte. Un érudit, mais pas maniaque de son savoir, aimant manger et piner, monter à cheval, boire de bons vins. L'homme complet, quoi. D'une gentillesse extrême. Toujours partant pour aider Pierre, Paul, Jacques et les autres. Il aimait s'offrir les femmes mariées, ça ne créait pas de complications. Il possédait une collection de salopes voisines, toujours partantes pour une belle tringlée devant un bon feu de cheminée, arrosée de champagne millésimé.

La vie bien comprise, en somme. Il avait du blé, des terres, des culs, des livres. Savait se faire aimer. Ses travaux étaient reconnus dans le monde entier et il possédait des décorations pis que le maréchal Goering. Des qui lui venaient des Indes, avec des éléphants, d'autres qui comportaient des cocotiers. Tout allait pour le mieux lorsqu'un jour, ayant passé des vacances à Monaco, chez un ami, il a ramené Amélia, une actrice anglaise rencontrée à bord d'un yacht. Et c'est là que tout a changé, basculé. Cette gonzesse, une vraie pommade! Y'avait pas plus chiante qu'elle. Capricieuse et cynique, toujours en quête d'exigences nouvelles à imposer. La vie au château de Bruyère est devenue un calvaire. Les domestiques sont partis l'un après l'autre, à l'exception de Marie et de son rejeton. La débâcle, quoi. Le comte a perdu son entrain, sa joie de vivre. Il ne parvenait plus à travailler, tellement qu'elle lui

concassait les roustons, Amélia, avec ses gueulantes
et réprimandes, folies en tout genre, débordements.
Qu'à la fin, il a plus pu y tenir, Clotaire. Et ç'a été
la rupture au bout de deux ans. Il a dû lui lâcher le.
gros paxif, à cette garce. Mais la liberté, ça n'a pas de
prix. Tout cela remonte à une dizaine d'années.
Ensuite, ça n'a plus été pareil à Bruyère-Empot. Le
châtelain avait paumé pour tout jamais sa bonne
humeur. Il s'est réorganisé comme avant, seulement
le cœur n'y était plus, après tout, peut-être l'aimait-il,
son Anglaise, va-t'en savoir !

Ayant dit, Marie Tournelle se met à glousser.
Justement, on repasse un vieux film d'elle cette
semaine, y'a son portrait dans *Télé Sept Jours* :
Amélia Black dans *La Fille de la Rivière Magique*.
Elle va chercher la revue sur un guéridon de rotin.
Nous montre. On voit une photo de dame brune,
mais on lui a crevé les yeux, et alors Marie Tournelle
baisse le ton pour nous confier que c'est elle qui a
fait ça : un petit brouillon de messe noire. « Crève,
charogne ! » disait-elle en énucléant le portrait. Une
forme d'incantation à elle, venue de son cœur,
spontanément. Artisanale, comme magie, mais quoi,
Satan reconnaîtra les siens, non ?

— La comtesse est-elle revenue au château ?

— Non, jamais, mais n'appelez pas comtesse
cette saloperie de saltimbanque !

— Elle écrivait encore à son époux ?

— Au début, mais il lui a retourné ses lettres sans
les ouvrir, et il a bien fait.

— Vous croyez, vous, que c'est d'Alacont qui a
assassiné le comte, son oncle ?

Marie Tournelle crache sur la photo sans yeux et
referme le journal. Elle n'a pas retenu ma question.
Je la réitère. Bien décidé à la lui seriner jusqu'à ce
qu'elle y réponde.

Pinaud s'est endormi dans un fauteuil à trois

pattes qui est sur le point de s'écrouler. Quelque part dans l'hospice, un carillon Westminster se met à musiquer; et y'a rien de plus horrible à entendre, en dehors des pleurs d'un enfant, qu'un carillon Westminster. Moi, j'sais pas pourquoi, mais ça me fait honte.

C'est humiliant comme des hémorroïdes, un carillon Westminster. Et puis ça fait con, quoi. Ça situe. T'as ceux qui en possèdent un, et t'as les autres. Parmi les autres, y'en a qui sont récupérables; des qu'on pourrait arracher au flot fangeux de la connerie, à grand renfort... Qu'on parviendrait à dessiller un brin, juste qu'ils aperçoivent la lumière.

Je répète, en prenant dans les miennes les patounes ravagées par sa vie de labeur de Marie.

— Vous qui fûtes la plus familière parmi les familiers du comte, sa nourrice, sa révélatrice, sa confidente et, plus encore que le reste, sa servante pendant toute sa vie, vous, brave amie, si pleine de sagesse et de sérénité, dites-moi qui, selon vous, est l'assassin du comte.

Cette fois, elle ricane dans sa barbe, la mère Tournelle. Une jubilation qui ressemble à un jet de vapeur.

— Allons, allons, allons, qu'elle glapouille, par trois fois, kif le général quand il écriait « hélas, hélas, hélas! » ce grand chéri, bien marquer son sentiment, le désastreux de l'affaire; il est sûr et certain que c'est elle qui l'a fait tuer.

Et elle désigne *Télé Sept-Jours,* réceptacle de la photo sans yeux.

— Elle lui en voulait à ce point?

— Une carne, monsieur. Riri ne vous a rien dit?

— De quoi voulez-vous parler? éludé-je.

— Le jour de son départ, à cette putain, mon fils a porté ses bagages jusqu'à l'auto qui l'emmenait à Paris. Avant d'y monter, elle lui a dit : « Votre garce

de mère et vous êtes heureux de me voir partir, vous
avez fait tout ce que vous pouviez pour qu'on en
arrive là. Vous vouliez conserver votre mainmise sur
Clotaire, n'est-ce pas? Mais je vous préviens que
vous ne le garderez pas toujours. Je mettrai le temps
qu'il faudra, je me vengerai!

Marie Tournelle a le visage tout dur, soudain,
pareil à un caillou gris. Elle retrouve sa haine
engourdie par le temps. La réchauffe dans son giron.
Ça lui redonne de l'énergie, un louche appétit.

— Ne cherchez pas : c'est elle, c'est bien elle.

— Vous ne l'avez pas dit aux enquêteurs au
moment du meurtre?

Elle hoche la tête.

— Pensez-vous, ils ont arrêté le garçon tout de
suite.

— Et, vraiment, vous ne croyez pas à la culpabilité de Gaspard?

La vieille caresse sa barbe dont elle paraît très
satisfaite.

— Je vais vous dire...

Elle décamote de l'index un reste de hachis coincé
quelque part dans la région de ses fausses prémo-
laires.

— Je vais vous dire : ce neveu, il n'avait pas la tête
à ça. Bien sûr, il semblait pressé de voir M. Clotaire
et il paraissait très nerveux, ne tenait pas en place, et
puis c'est vrai qu'il avait un petit air arsouille, ça,
d'accord, malgré tout...

Juste comme moi. Je suis frappé de nous voir
unissonner, la vieille et bibi, dans ce sentiment
instinctif que d'Alacont n'est pas coupable. Très
important, ça.

— A l'époque du drame, vous rappelez-vous que
M. de Bruyère traduisait un manuscrit chinois que
lui avait confié un journaliste?

Elle réfléchit. Mais là, ça foire nettement, côté souvenirs.

— Vous savez, son travail, il nous en causait guère, nous, on n'avait pas son intelligence...

— Essayez de vous souvenir. Un manuscrit chinois...

Elle se frotte le caberluche pour en faire partir des étincelles.

— Chinois, oui, ça me dit vaguement... Chinois... Ce qu'il était savant, tout de même, mon Clotaire. Chinois... Vous l'auriez vu dans son bureau, au milieu de ses bouquins. Il écrivait sans regarder. C'était sa manie : sans regarder. Il continuait de lire dans un livre épais comme un édredon de ferme, et il écrivait pendant ce temps, sans regarder son stylo ni sa feuille, et si je vous disais : il réussissait à écrire bien d'aplomb, bien droit, avec des lignes qui avaient toutes le même écartement. Sans regarder! Mon bon Clotaire... Chinois! C'est tout lui. Attendez, ça me revient, une bêtise. Un tantôt je lui apporte son thé, — il buvait trois thés dans la journée —, et il riait au milieu de ses grimoires. Il riait comme... comme...

— Un bossu? proposé-je à tout hasard, bien que les bossus de mes relations ne soient pas particulièrement réjouis.

Mais Marie saute sur la propose :

— C'est ça : comme un bossu.

Elle rit à ses souvenirs, à cette vision de Bruyère riant. C'est du présent qui lui dégouline, tout chaud, tout vivant. Clotaire de Bruyère est là, dans l'infâme salon. Et il rit. Et Marie le regarde, l'entend rire avec ravissement, parce qu'il aura été l'homme de sa vie : le bébé branlé, puis l'adolescent culbuteur, et le mari en peine qu'elle devait bigrement remonter contre sa Britiche, je devine...

— Pourquoi riait-il? insisté-je.

— Je ne sais pas, répond la vieillarde. Je ne sais

pas. Il répétait seulement : « la plus grande découverte depuis le feu et la roue, Marie, la plus grande! » Tout autre lui aurait demandé des explications. Moi, pas, c'était l'habitude. Il m'annonçait des trucs tout à trac, parfois, mais il aurait pas toléré que je le questionne. C'était comme s'il s'était causé à lui-même, comprenez-vous? Ah! la cloche! La promenade, je dois aller. Excusez... J'ai été content de vous rencontrer. Quand vous reverrez Riri, dites-lui que je suis très bien ici. On a la télévision. Et question nourriture, il ne faut pas se plaindre. Y'en a qui rouspètent, moi je ne me plains pas. Tenez, le menu d'aujourd'hui, si je vous disais : œufs durs en salade, hachis parmentier, banane. A notre âge c'est bien suffisant. Les gens creusent leur tombe avec leurs dents.

Elle, pour plus de sécurité, elle fout ses dents dans l'assiette des autres...

Je l'embrasse. Un élan. A cause de Félicie, tu crois? Oui, peut-être. Je l'embrasse pour Riri. Riri qui s'est enfui en apprenant que j'étais un flic et qui se terre dans les halliers, je présume.

Et pourquoi s'est-il aussi sottement enfui, Riri? Qu'a-t-il à redouter de moi?

Serait-ce lui l'assassin du comte?

Voire le complice de l'assassin?

Comme j'atteins le bout du couloir, Marie Tournelle m'hèle.

— Hé! me lance-t-elle, n'oubliez pas ce que je viens de vous dire : c'est elle qui a fait le coup!

UN HALTÈRE DÉSALTÈRE

Une station d'essence.

Ma jauge étant décadente, j'y stoppe. Un jeune pompiste vient s'informer.

— Le plein et le téléphone! laconisé-je en m'étirant.

Ma tête est comme une cathédrale vide. Le silence y résonne et une petite lumière y brille, qui est la mémoire de feu M. de Bruyère. Le cher homme m'est extrêmement sympathique. Je l'imagine très bien, ce savant bon vivant. Une personnalité, quoi: Mieux: un personnage. Tout était intéressant chez lui: son savoir, son amour de l'amour, la manière qu'il s'est embroqué nounou, et jusqu'à son tardif mariage avec une dingue d'actrice anglaise (pléonasme?).

« La plus grande découverte au monde depuis le feu et la roue! » s'exclamait-il.

Mais en rigolant.

Et pourquoi riait-il? Parce que ce n'était pas vrai, ou bien parce qu'il jubilait d'avoir pu décrypter le parchemin?

Je pénètre dans la cabine téléphonique gobeuse de mornifle. Il est assez tard, mais je sonne l'Agence. Et c'est Mathias qui décroche.

— Vous tombez bien, monsieur le commissaire, le directeur vous réclame à cor et à cri : affaire urgente.

— S'il rappelle, dis-lui que je ne suis ni à cor ni à cri, non plus qu'à Konakry, rebuffé-je. Je travaille présentement sur une affaire personnelle qui me passionne. A propos, tu m'as excusé auprès de Sonia?

Je l'entends qui se trouble.

— Eh bien, je... certainement.

— Comment a-t-elle pris la chose?

— Eh bien...

— A deux mains, n'est-ce pas, et à pleine bouche? C'est une gourmande. J'espère que tu ne regrettes pas ton après-midi, Rouillé?

Il bafouille :

— Ce fut très extrêmement réussi, monsieur le commissaire, je vous remercie pour cette marque de confiance. Cette personne voulait savoir mon adresse privée, mais, par mesure de sécurité, compte tenu de ma situation familiale, je me suis permis de lui dire qu'elle m'appelle au bureau.

Je rigole en évoquant la petite Mme Mathias, une teigneuse de grand style, à la voix haut perchée, qui se fait un malin plaisir de transformer, presque chaque année, quelques centilitres de sperme en quelques kilogrammes de môme.

— Tu as bien fait. J'ai un boulot urgent pour toi, grand baiseur.

— Je suis à votre disposition, répond le rouquin, sans ironie la moindre.

— As-tu entendu parler d'une actrice anglaise nommée Emilia Black?

— Heu, non.

— Moi, très vaguement; elle a épousé, voici une dizaine d'années, le comte de Bruyère habitant le château d'Empot, Loiret. J'aimerais savoir ce qu'elle est devenue, où elle se trouve, et surtout ce qu'elle fabriquait dans l'après-midi du 4 avril 1976. Tu t'attelles?

— Naturellement, monsieur le commissaire.

— Actuellement, je suis dans la région d'Orléans, je rentre, tu pourras m'appeler chez Béru, au cours de la soirée. Merde!

Gland comme un fruit de chêne, je contemple ma voiture à travers la vitre de la cabine. Ma voiture dans laquelle on est en train d'injecter du super à j'sais plus combien le litre. Ma voiture dont le pompiste nettoie le pare-brise au moyen d'un petit râteau caoutchouteux. Ma voiture vide.

— Que vous arrive-t-il, monsieur le commissaire? s'alarme le gars Mathias.

— Je viens seulement de m'apercevoir que j'ai oublié Pinaud.

— Où cela, monsieur le commissaire?

— Dans un hospice de vieillards.

Le rouquemoute éclate de rire.

— En ce cas, le mal n'est pas grand, monsieur le commissaire. Il fallait bien que ça arrive un jour ou l'autre!

Je pense te l'avoir déjà dit, mais quelle importance? Tu raffoles tant tellement de la rabâche. Il suffit de te voir devant ton poste de tévé, les périodes électorales, combien tu bois leurs paroles à tous ces nœuds volants, les prenant pour des prophètes, sans piger que ce sont des gus qui font un métier. T'as seulement jamais envisagé la chose sous cet angle, je parie, pauvre bazu. Que ces valeureux jacteurs, ils font le métier de politiciens, comme toi celui de plombier ou de chauffeur de taxi. Et si on t'amenait un chauffeur de taxoche devant les caméras, tu t'intéresserais à ses professions de foi? Tu leur accorderais pour deux francs vingt-cinq d'intérêt, hein, l'artiste? Mon œil! Que dis-je : mon cul! Eux, les ticards, ils brodent sur le canevas de leur parti. Leur matière première? La salive. D'ailleurs, t'as qu'à remarquer le nombre d'avocats qui virent leur cuti pour s'engager dans la ticaillerie. Françaises, Français! Ils écoutent même pas ce qu'ils disent. Et leurs affrontements où tu t'escrimes à leur donner des points, qu'ensuite, eux autres, vont écluser une boutanche de rouille à la connerie de nous tous, si constante, si facilement épatable. Oh! merde, depuis le temps que ça dure, et que ça durera encore! Françaises, Français! La mouillette, slips imbibés, z'yeux en entrée (ou en sortie) de tunnel. Le palais des mirages. Un jour viendra! De gloire. Toute honte bue, pissée.

Pour t'en revenir : je pense te l'avoir déjà dit, mais chaque fois que je sonne à la lourde des Bérurier, je m'attends à ce qu'éclate l'air fameux de *L'Entrée des Gladiateurs,* cet hymne du cirque. En général, les cirques n'ont pas de portes, mais des entrées, et ils en ont plusieurs. Chez le Gravos, y'en en a qu'une, modeste, étroite, ça fait plus intime. Le spectacle qui se déroule à l'intérieur t'appartient davantage. Tu en es, pour un moment, le bénéficaire exclusif.

Sonnette.

C'est Berthe qui vient délourder, à ma grande déconvenue, car j'espérais Marie-Marie. Une Berthe élégante, corsage de soie blanc, pantalon noir. Tu dirais un poster géant d'insecte de la Sud Amérique. Son bide, son cul, ses nichemards composent un volume bizarre que tu serais tenté de classifier en prothorax, mésothorax, abdomen (public) annelé où convergent les trachées respiratoires.

Elle arbore une coiffure guerrière, la Baleine. Tous ses crins regroupés sur le dessus de la théière, et ligotés par un ruban de velours bleu. Cette fois, ses boucles d'oreilles battent le record : elles représentent deux danseuses en train de faire le grand écart. On leur voit le slip blanc, un brin de la chatte, même, en regardant par en dessous. Elles portent des jupettes en strass vert, pailleté d'argent, un soutien loloche jaune canari à étoiles rouges. Elles sont l'une blonde, l'autre brune, et mesurent dix centimètres de large sur six de haut (le grand écart, je te dis).

Berthy m'effusionne, comme un Saint-Jacques de Compostelle en me compostant chaque joue de son rouge à lèvres bleuâtre et gras.

— On a un dîner de gala, m'annonce-t-elle, venez vite, cher Antoine, vous arrivez pour le dessert. Mais p't'être n'avez-vous pas briffé, en ce cas, j'ai de beaux restes à vous propositionner.

La tornade du foyer m'emporte jusqu'à la salle à manger où trois autres personnes sont réunies dans mon attente. Il y a Bérurier, bien sûr, et puis un couple. La femme est timide, avec un grand nez et des yeux bleu-con. Le mari a la taille de Sa Majesté, et il doit peser un peu plus qu'elle, mais le poids est réparti différemment : assez peu de bide, mais un excédent de muscles.

— Ah! le v'là! exclame Béru pour m'accueillir. J'vous présente le fameux Santantonio, les gars, le mec qui remplace la moutarde forte et le Petit Larousse.

Puis, à moi, en me désignant l'homme :
— Tu le remets?

J'examine le volumineux personnage au front étroit, au cou indécapitable, aux épaules semblables à la carène d'une moissonneuse-batteuse.

— Je ne crois pas avoir le privilège de connaître Monsieur, m'excusé-je.

Le Mammouth se rengorge :
— Adrien Ganachet!

Cette déclaration n'éclaire pas pour autant ma
lanterne, laquelle doit être sourde comme un pot.

— Non, je ne vois pas.

— Mais enfin, bordel, s'impatiente Gradube :
Adrien Ganachet c'est pas n'importe qui! L'haltère-
égo, l'hémophile, champion des Hautes-Seine de
l'épaulette-jetée, quoi merde. Il soulève deux tonnes à
l'arraché!

— Oh, oui, où avais-je la tête, m'hâté-je de mentir.
Très honoré de vous rencontrer, monsieur Ganachet!

Le colosse prend ma pauvre petite dextre de
ploutocrate encéphalique et la comprime à s'en faire
un jus de citron.

— Enchanté, il déclare.

Je considère le moignon qu'il m'abandonne, le juge
inapte à resservir et tends ma main gauche à la dame
qui en fait autant, mais pour des raisons congéni-
tales.

Berthe m'abat sur une chaise, le Gros me verse un
grand coup de Pommard à trois francs-verre-non-
repris, et puis la soirée se remet en branle.

Les Ganachet sont leurs nouveaux voisins du rez-
de-chaussée. Premier dîner ; les relations se nouent. Il
est déjà écrit dans les étoiles du firmament que
Berthe se fera l'haltérophile avant la prochaine
mousson, si toutefois ce monte-charge possède le
chibre que ses monstrueux biceps font espérer. Peut-
être Alexandre-Benoît cherchera-t-il de son côté à
fourrer Mme Ganachet, à l'occasion, mais ça reste
évasif car elle n'a pas le gabarit propice à allumer les
convoitises du Mastar.

Il lui faut du volume, à Mister Queue-d'âne ; du
plantureux, fondant, qui vous flotte dessous comme
de la gélatine. La Ganachet, elle est en défaut cruel
de ce côté-là... Plutôt maigrelette, style serviteur
muet avec la presse serrable pour le pantalon. Cela
dit, assez sympa pour quelqu'un de con et de docile.

Quant à Ganachet, il a la gloire fréquentable. S'il roule des mécaniques, c'est uniquement pour l'entretien de l'outil, et parce qu'il ne peut plus faire autrement maintenant qu'il a acquis des biscotos pareils à des pneus de semi-remorque.

On jaffe le dessert à Berthy ; les desserts plus exactement car elle amène successivement : une bassine de mousse au chocolat, un baba au rhum grand comme le Panthéon (où j'interdis qu'on m'inhume, malgré la présence de Victor Hugo, parce que comme endroit chiatique, tu m'en reparleras !), une corbeille de beignets aux pommes, une lessiveuse de pruneaux (très indiqué pour les fins de repas, précise l'hôtesse, car cela fait aller du corps), et enfin une pièce montée que ces bonnes gens se mettent à démonter avec la promptitude due à la technique dont font preuve les machinistes de cirque pour évacuer le chapiteau sur la place du village.

Bon, très bien. Moi, j'aimerais bien avoir un entretien avec Bérurier-le-Grand, à propos de ma petite histoire. Si je te disais qu'elle me passionne, cette affaire. C'est la mienne, à moi. Le sort me l'a proposée et j'en fais mon affaire, de l'affaire Bruyère.

La mère Lacryma-cristi, j'en ai rien à branlocher, cette vieille seringue, avec ses napperons de boudoir, fignolés au crochet et ses Hercule Poirot de mes deux ; que moi aussi j'en ai un, de Poirot, et même qu'il est Delpech, en suce, alors tu vois ! La mère Mouillechaglate qui me rebattait les claouis avec son Agatha ! Dans les écoles de police, qu'elle préconise ? J'imagine à Saint-Cyr-au-Mont-d'Or l'enseignement de « Dix Petits Nègres ». Entre le cours de tir et le cours de Droit, mes bons petits potes, frais rémoulus, leur tronche en voyant le portrait de la grande vioque assassine. La Marie Bizarre ! Ses bouquins pleins de larbins gourmés, avec l'énigme qui se pointe à la page 100, qu'avant tu te respires la vie au château,

les lucubrations de lord Durin et les non moins du
révérend Branlbitt, plus les vapeurs de miss Dorothée
(à la menthe) et les bougonnades de mistress Deslau-
riers, tout ça, fumeux, britiche, d'avant les guerres :
celle de Quatorze-dix-huit et celle des Deux Roses.
Merci bien.

Mais Béru ne songe pas à venir au rapport. Il est
tout flambard de recevoir Adrien Ganachet, l'homme
le plus costaud de la périphérie. Qui soulève des
quintaux de ferraille sans s'éclater le gésier ni les
couilles, salut, chapeau! Gloire aux forts.

— Tu ne sais pas, Adrien, dit brusquement le
Mammouth, si tu serais un homme, tu nous ferais
un'p'tite démontrance de tes talents, avant que
Berthe mette en route la gratinée, ça ferait inter-
merde, en somme.

Adrien interjecte, comme quoi il n'a pas son
matériel.

— Va le chercher, conseille le Gros, y'a qu'trois
étages dont av'c l'ascenseur.

Pas chaud chaud, Adrien fait valoir qu'il n'est pas
accordéoniste, ses accessoires, à lui, ne tiennent pas
dans une musette.

— J'vais z'av'c toi t'aider, tranche le Gravos qui a
de la suite dans les idées.

Adrien crache seize noyaux de pruneaux qu'il
polissait dans sa bouche et obtempère. Un invité se
doit de souscrire aux vœux de son hôte, surtout
lorsqu'ils sont pressants.

A peine qu'ils ont enjambé le paillasson, voilà que
le téléphone sonne. Je devine que c'est pour moi, et
c'est bien pour moi : Mathias.

Berthy me passe le combiné, et profite du geste
pour me caresser le dessus des doigts en faisant
gracieusement virevolter les petites danseuses agrip-
pées à ses lobes.

— J'ai une partie de vos renseignements, monsieur

le commissaire, annonce Mathias d'une voix jubila-
trice.

   — Intéressants?

   — Je pense.

   — Alors vas-y, je t'écoute.

Mais avant qu'il ne parle, laissons passer une
nouvelle page de publicité.

Que vous soyez fins gourmets ou bouffe-merde.
Et même si votre palais n'est qu'une chaumière...

   Achetez le Guide de GAULT et MILLAU
   les Toulouse et Lautrec de la gastronomie.

Vous y trouverez, répertoriées, toutes les tables
de France, de l'Armée du Salut à l'Elysée-Paul
Bocuse.

   « Mangez! Mangez, chers Gault et Millau.
Mangez! Nous ferons le reste! »

   — Alors vas-y, je t'écoute!

Mathias se fourbit l'œil. Nous ne sommes pas
encore dotés du téléphone-télévisé, mais je détecte la
chose au bruit. Quand il se frotte les lampions,
cézigman, on dirait qu'il agite un sac de billes.

   — Emilia Black est décédée, monsieur le commissaire.

   — Pas possible!

   — Elle est morte au cours de l'été 76 lors de
vacances en Grèce.

   — Dans des circonstances suspectes?

   — Extrêmement suspectes; elle aurait succombé à
une trop forte dose de barbiturique (ave Caesar,
barbiturique te salutant (1)) alors qu'elle se trouvait
dans un petit hôtel de l'île de Dékonos.

---

(1) Totalement con, mais ça me délasse.

— Elle y séjournait seule?

— Non : elle était en compagnie d'une bande
d'amis internationaux, de ces désœuvrés qui préfèrent
une tarte au haschisch à une tarte à la rhubarbe.
Comme elle donnait depuis un certain temps des
signes de neurasthénie, la police grecque a conclu au
« suicide accidentel » et l'affaire n'a pas eu de suite.

— Tu as appris quelque chose quant à son emploi
du temps du 4 avril?

— Tout ce que je suis en mesure de vous dire, c'est
qu'elle se trouvait à Paris à cette date. Elle était
descendue au *Plaza* le 2 et elle en est repartie le 10. Il
sera long, voire peut-être impossible, de déterminer
son emploi du temps pour la journée du 4. Je vais
néanmoins faire l'impossible.

— Bravo, et tâche de me donner la réponse avant
demain soir...

— Demain soir ! Mais, monsieur le co...

— Quoi, tu ne vas pas me dire que tu baises
encore Sonia demain ! Ta pauvre femme va se trouver
en manque.

Il rengracie vite-fait, glapatouille des trucs aussi
inaudibles qu'embarrassés et me promet de se défon-
cer le prose.

Là-dessus, Alain Ganachet et Alexandre-Benoît
Bérurier reviennent, lestés (c'est le coup d'y dire)
d'un matériel de choix. Un haltère, mes z'amis,
comme le moyeu du Trans Europe Express, avec
autant de roues que pour un wagon dudit. Adap-
tables, tu connais le topo, afin de corser la charge.

Bon, le gars Ganachet se met en tenue, à savoir
qu'il pose sa liquette, son bénouze, ne gardant que
son père Joseph (j'appelle ainsi son slip car il s'agit
d'une Eminence grise), ses chaussettes à injection et
ses mocassins pur porc.

Il commence par une babiole de quatre cents
kilogrammes, histoire de se faire un poignet. Un rien.

T'arrache cette bricole comme tu ramasseras un clop quand tu seras clodo.

La brandit haut, au-dessus de sa tronche. Ça miroite à la lumière du bioutifoule lustre représentant un rouet. Te nous repose l'haltère avec une souplesse telle qu'on ne perçoit pas un bruit. Il laisserait tomber une pantoufle que ça résonnerait bien davantage. Le public applaudit. La mère Béru est fascinée par le gabarit de leur nouveau pote. Faut dire qu'il ressemble à un baobab géant, Ganachet. Velu, musclu, tranquille.

Il rajoute des rondelles. Arrache toujours avec aisance. Bérurier en bave de convoitise.

— Tu t'rends compte, me dit-il, un gamin né avant terme, paraît-il. Un môme trouvé sous la porcherie d'une église. Et d'une église de grande banlieue, pas la Madeleine! Et v'là ce qu'il peuve faire juste av'c deux bras.

Imperturbable, Adrien, tonifié par le copieux repas de la Bérurière, ranquille d'autres plaques qu'il faudrait que tu te mettes à six pour que tu puisses en soulever une, minable!

Et alors attends, c'est là qu'on confine. Là qu'on va accéder le sublime; à la pothéose!

Le Gravos, ulcéré de ces peinardes prouesses, vide un verre à vin de marc de Savoie (en provenance directe d'une droguerie de Chambéry). Il clappe de la menteuse.

— Tu permettrais, Adrien, que j'essayasse? demande-t-il.

Son front est bas, tout soudain, son œil farouche, ses bajoues frémissantes.

Le Ganachet, gentil mais supérieur, murmure :

— Volontiers, mais t'as six cent quarante-huit kilos deux cent vingt-cinq en piste, présentement. Attends que je déleste.

Béru se verse une nouvelle rasade de marc (qui s'appelait encore « grappa » en 1859).

— Déleste mes fesses, tranche-t-il. Tu voudrais pas qu'j'm'entraînasse av'c une cuiller à potage.

A l'instar de son illustre voisin, il se dénude l'hémisphère nord.

— J'garde mon bénouze, avertit Bras-d'airain, vu qu'j'ai oublié mon calcif chez Maâme Lauranton où j'sus été prendre des nouvelles de son mari qu'était été à ses soins au dispensaire lorsque j'sus arrivé.

Radieux, il se pose derrière la barre redoutable de l'haltère, jambes écartées, se frotte les mains comme pour se les assouplir, et exécute pusieurs aspirations, entrecoupées d'expirations, tu t'en doutes.

Enfin il se baisse pour emparer la tige métallique. L'instant est émouvant. Là est le suspense. Va-t-il, ou ne va-t-il point? Sera-t-il échec et mat? Parviendra-t-il au moins à soulever l'insolite objet qui ressemble, au milieu de cette salle à manger, à un véhicule pas fini?

Le silence qui précède pourrait être du grand Mozart (de l'Hôtel de Ville).

Nous sommes fascinés, anxieux. Pour ma part, et pour la tienne, ami lecteur, j'en oublie l'affaire de Bruyère et ses ramifications.

Béru s'arc-boute. Tout se tend en lui. Il profère un pet de stentor à haute et intelligible voix. Omet de s'en excuser. Il violit, se distord. Veines et muscles lui jaillissent. Il pousse un cri profond, décisif, comme seul peut-être un ours blanc, dans la désolation arctique, saurait en émettre. Un léger bruit succède : le pantalon du Gros vient d'exploser, pas de se fendre, mais de se désintégrer positivement dans la région la mieux garnie. Poum! Un grand rond de cul poilu apparaît. L'homme n'en a cure. Sa volonté indomptable (non, raye indomptable qui est trop banal et remplace par incoercible qui ne veut rien

dire ici mais qui fait plus riche), sa volonté incoercible, donc, le surdimensionne. L'haltère remue,
l'haltère s'élève. C'est émouvant comme les prémices
de l'aviation. S'arracher du sol, tout est là. Elle l'a
quitté, le sol, voilà! La loi d'attraction terrestre?
Tiens, smoke! L'attraction à laquelle nous assistons
est autrement fascinante.

Tout Béru vibre, tout Béru tremble, tout Béru
geint, tout Béru se met en pas de vis. Mais l'haltère
s'élève. D'un coup miséricordieux! La voilà là-haut,
à côté de la suspension, dodelinante à l'extrémité de
ses bras invincibles.

Le Gros va éclater. Non : il tient bon. Adrien
Ganachet est vert de jalousie gentille.

A ce moment pile, tout se gâte.

— Coucou! crie une voix, dans le dos du Gros.

C'est Pinaud qui se pointe par la porte que les
deux haltérophiles encombrés ont laissée ouverte.

Ce coucou, c'est le grain de sable, la goutte d'eau,
le mot de trop. Il surprend Sa Majesté. Or, on n'a
pas les moyens de résister à une surprise, aussi
minime soit-elle, quand on est en semblable posture.
Le Mastar embarde en arrière. Il lâche l'haltère. Ce
qui succède n'a jamais été revu depuis les premiers
Chaplin. Les six cent quarante-huit kilos disloquent
le plancher. Le trouent, le traversent. Or, ce plancher
sert de plafond aux voisins du dessous, tu comprends, histoire de ne rien laisser perdre. L'haltère
produit comme une bombe. Le voilà qui choit sur
une coiffeuse mignonnement enjuponnée et garnie de
miroirs et de flacons en tout genre. Juste au pied
d'un lit qu'occupe un couple en train de bien faire : les
Crottignard, gens aimables au demeurant, lui
employé à la compagnie d'assurance la Libellule, elle
conseillère municipale communiste de l'arrondisse-
ment, mère de trois enfants et de deux filles. Ce
vacarme! Ce scrash! On croit que l'immeuble

effondre. Les Crottignard, foudroyés de stupeur en pleine lime, arrivent plus à déculer. Elle, elle part à hurler comme jamais en prenant son pied. Lui, il aboie un peu, façon loup-garou dans les films d'épouvante anglais. C'est dantesque, imprenable. Pour corser encore, leurs mômes radinent en braillant.

— Escusez-moi, balbutie Bérurier, agenouillé au bord du cratère : j'ai laissé tombé quéqu'chose.

La trogne, la voix, le sourire humble du Gros assoupissent la panique de ces gens de bien : lui, ancien élève des jésuites que de mauvaises fréquentations adolescentes conduisirent au P.C., dont il se sépara après avoir lu l'œuvre de M. Roger Garaudy pour s'engager dans les rangs socialistes, parti qu'il quitta le jour où il vit M. François Mitterrand affublé de l'incroyable chapeau que tout le monde sut. Car, un fait est absolument prouvé, bien qu'aucune gazette ne l'eût signalé, si, contrairement à toute attente, la Gauche perdit les élections au mois de mars 1978, ce ne fut point à cause de l'éclatement du Programme Commun, mais bel et bien parce que M. Mitterrand se déguisa en faux cow-boy de Saloon-du-Commerce. Ce sont des choses que les Français ne pardonnent pas, n'étant pas portés sur le dîner de têtes et concevant mal qu'un homme aussi brillant et soucieux de le démontrer crut opportun de se faire une silhouette à la con en un moment pareillement grave pour l'avenir du pays. Ouf, la phrase était longuette, peu virgulée, mais utile à soumettre. Donc, gens intéressants que ces Crottignard si bellement imbriqués l'un dans l'une. Lui, tout ce qui précède; elle, farouche militante communiste malgré les errements politiques de son époux. Excellente mère de famille, sans faiblesses ni fausses-couches, toujours à défendre le cher Algérien émigré, la femme au foyer, la semaine de dix-huit heures et la gratuité des transports en commun.

Ils sont là, en bas, sur le flanc, hébétés, à mater la bouille vultueuse du Dodu, puis à considérer cette météorite étrange, issue dirait-on d'un déraillement de chemin de fer céleste. N'osant évaluer les dégâts, mais devinant déjà qu'ils seront conséquents et longs à répertorier. Enfin, prenant conscience de leur posture matrimoniale. Lui, élevé chez les jésuites et il t'en reste toujours des traces, s'hâtant de ramener le drap sur ses fesses d'assureur sédentaire ; elle, cessant de faire avec ses jambes une ceinture de lubricité à la taille de son con archi joint de conjoint. La peur laisse place à la colère. Sitôt que Maurice Crottignard a pu s'extraire, de sa femme d'abord, de son lit ensuite, pour s'engouffrer dans une robe de chambre dont les ramages correspondent au plumage, le voilà qui se met à apostropher son voisin du dessus. Le traitant de misérable, d'assassin, de dynamiteur, de veau, de salopard, d'écrabouilleur d'enfants et autres joyeusetés de bonne venue. Tant qu'à la fin, la cruche béruréenne se casse. Et qu'il répond des choses, lui aussi, bien plus malsonnantes, bien mieux tournées ; prenant à témoin les gens de son entourage, dont parmi lesquels un officier de police, afin qu'ils témoignent l'à quel point sont dépravés les mœurs de ces Crottignard qui n'hésitent pas à baiser devant leurs enfants, et qu'il ne laissera pas passer une pareille infâmure, lui, Bérurier. Attentat à la pudeur, inceste après tout, exhibitionnisme ! Ça va aller chercher de la tôle et pas qu'un peu. Crottignard rétorque. Ça s'envenime. Fou de rogne, Alexandre-Benoît se prend à compisser l'appartement du dessous par la brèche. La conseillère municipale, bien qu'haïssant l'ordre établi, court appeler Police-Secours. La confusion se juche à des paroxysmes.

Et moi je me mets à trouver la farce moins

drôlette. Jusque-là, le spectacle n'a pas manqué de brio, mais il commence à se faire tard.

Aussi prends-je mon collaborateur à part, lui domine la fureur.

— Gros, tu ne m'as pas rendu compte de ta mission à propos de ce journaliste, Léon de Hurlevon, ça presse.

Il me regarde comme un voyageur endormi dans le train qui, réveillé en sursaut, s'aperçoit qu'il a raté sa station.

— Quoi, le journaliste? Merde, tu trouves qu'c'est l'moment d'causer chiftir? Av'c ce truc merdique, là en bas, et une exclavation dans mon plancher. Sans compter ces deux cons, là-dessous, qu'ont pas fini d'nous faire chier la bite, teigneux comme j'les sais, toujours à emmerder not' concierge pour ceci-cela, une femme qui s'dit communiss! Communiss mon cul, oui! Conseillère municipale, je te d'mande un peu, au lieu d's'occuper d'ses miches, la garcerie vivante! Qu'é doit même pas savoir conflectionner un gratin dauphinois. Tu paries qu'é n'sait pas?

Il se penche sur le trou :

— Hé, la Crottignard, s'riez capab' d'me dire s'y faut du fromage râpé dans le gratin dauphinois?

— Allez vous faire foutre! répond la malgracieuse.

— Gardez l'conseil pour vous qu'êtes orfraie dans la manière, d'après s'lon c'qu'on a pu voir, riposte le Colossal. Ah, c'est ben les enc... les plus mal chaussés, quoi! Ça s'fait miser et ça vient dire. Et par quoi qu'ça se fait fourrer? Par un crevard de base étagée. Une sous-merde que vous avez vu son bigoudi farceur, messieurs-dames? J'en voudrais même pas pour pisser de la camomille, d'son bigorneau, à vot'assureur d'mes deux chéries. Y confond chibre et compte-gouttes, ce minus à pinces. Y brosse just' pou' la r'productivité, pointe à la ligne. Mais faut voir la résultance, un crevard et une conseillère communiss, qu'est-ce que ça peut produire d'aut'? V's'avez vu leurs bouilles, aux chiares de ces deux enfoirés? Y z'étaient en nourrice au Biafra, vos lardons, ou quoi t'est-ce que? Vous les alimentez av'c une boîte de ronron par jour, j'parie. Et puis d'abord, v's'allez m'r'monter ces artères tout d'sute qu'é sont pas à vous, pas même t'à moi. Compris?

Je biche Béru par le cou et le refoule jusqu'à sa chambre à coucher pleine d'odeurs légères et d'un lit profond comme un tombereau.

— Hé, Zavatta, l'exhorté-je, je te demande trente secondes d'arrêt-buffet. As-tu vu Léon de Hurlevon, oui ou merde?

Il a une fois encore son étrange regard de Génie d'Aladin dont on a frotté la lampe pendant qu'il se trouvait aux cagoinsses.

— T'sais qu'tu m'courres sérieusement, Mec? Choisir c't'instant patéticien pour me briser les noix av'c des bureaucraties, faut oser. Y'a qu'ta pomme. Le sans-gêne, t'es champion, médaille d'or! Non, j'l'ai pas vu ton photogresse de paphe, pour l'excellente et primordiale raison qu'il s'est buté à moto su' la route d'Orléans, le quatre avril soixante-seize.

MAMAN, MOI, ET LES AUTRES

Eh bien, mon vieux pays, nous voici donc une fois de plus face à face, emportés par une haulte aventure de cornecul, du genre inextricable. Mais j'extriquerai, j'en fais le serment. Il le faut, je me le suis promis à moi-même après avoir pris connaissance des documents remis par Mayençon Clovis; or San-Antonio ne s'est jamais trompé, s'il lui est arrivé quelquefois de tromper les autres. Il s'est resté fidèle, enfer et contre toux.

Cette affaire d'apparence si simple, si vite solutionnable, est riche en rebondissements.

Je me les récite en pénétrant dans la maison de Saint-Cloud où il fait si bon rentrer.

Il y a de la lumière dans la chambre de Félicie. Elle ouvre sa lourde au moment où je monte l'escalier.

— Tout va bien, mon Grand?

— Au poil, M'man.

Bisouilles sur ses chères vieilles joues qui sentent Félicie-la-nuit. Avant de se mettre aux plumes, M'man fait un brin de toilette et s'asperge le visage d'une eau de Cologne comme il n'en existe pas dans le commerce et qu'une vieille amie de pension à elle lui envoie rituellement, à chaque nouvel an. Ça sent un peu la glycine, un peu la violette, et d'autres trucs encore qui poussent de moins en moins sur notre globe saccagé. Cette odeur... J'imagine le vieux Nice, du temps que les rosbifs prenaient d'assaut la promenade qui allaient porter leur nom. Il suffit d'un parfum, parfois. D'un bruit, d'un rien, et t'as la moulinette farceuse qui se met à totonner, bien rond, bien droite, en décrivant des arabesques imperceptibles.

— Ton directeur a téléphoné à deux reprises, Antoine, il a besoin de toi d'urgence. Il m'a dit que tu pouvais lui téléphoner à n'importe quelle heure sur sa ligne personnelle.

Elle transmet en soupirant, Félicie. A contrecœur, pas chaude pour que son grand garçon reparte dans les froidures nocturnes vers de nouvelles péripéties. Ça l'a toujours démangée que je moule la rousse pour me consacrer à l'épicerie fine ou à l'importexport. Elle me verrait bien dans des tâches douillettes, maman; à me faire du lard et un peu de blé pour les vieux jours. Dans le secret de son cœur, elle redoute que ma retraite me passe sous le nez pour cause d'absence prématurée du retraité. Et voilà qu'elle me communique le message du vieux fâcheux qui régit mon existence.

Je lui souris large.

— S'il rappelle, tu lui répondras que je ne suis pas rentré, j'ai besoin de vivre un peu ma vie.

Des gargouillis stomacaux m'avertissent que les desserts de Berthe n'ont pas suffi à combler mes dents creuses.

— Demain matin, tu me feras un déjeuner à l'anglaise, si ça ne t'ennuie pas.

— Veux-tu que je te prépare un petit encas tout de suite? J'ai un poulet froid entier dans le frigo et de la mayonnaise.

Elle espère. J'hésite.

— D'accord, mais juste un pilon, ne te mets pas en cuistance à pareille heure.

Radieuse, elle saute sur sa robe de chambre de pilou bordeaux, chausse les pantoufles de soie brodée que je lui ai offertes pour sa fête.

Moi, je vais me mettre en tenue d'intérieur.

Dans le jardin, y'a une chouette qui ulule, à moins que ce ne soit un hibou, je ne sais pas faire la différence. En tout cas, il a de la persévérance, le zoizeau, avec tous ces immeubles qu'on a construits dans le coin, moi, je serais chouette, comment que j'aurais mis les bouts vers des contrées plus salubres. Note que je suis bel et bien resté en tant qu'humain. Peut-être que l'hibou tient à son petit territoire, lui aussi, quand même il se rétrécit. On est entortillé d'habitudes, des vraies momies, les hommes et les oiseaux. A se laisser étouffer sur place.

A peine suis-je redescendu que le bignou carillonne. M'man va décrocher, et moi j'empare l'écouteur annexe. Je reconnais illico la voix dolente de Lapinuche.. Cézigue, quand il jacte au turlu, tu croirais toujours qu'il est à bout de course et qu'il clamsera avant la fin de la communication.

Je prends le combiné à Félicie.

— Que t'arrive-t-il, vieux fossile, pour oser perturber la quiétude bourgeoise de tes supérieurs?

Il gémit :

— Tu es parti sans crier gare de chez Béru.

— Et pourquoi aurais-je crié gare avant de m'en aller de ce Barnum-Circus à la con, Monseigneur?

— J'avais des choses à te dire.

— Tu me les diras demain, vieux parchemin, je suis chez moi, en compagnie de ma maman; j'ai une veste d'intérieur col châle, un pyjama bleu-nuit, des mules neuves et envie de voir avec mes dents à quoi ressemble le squelette d'un poulet, d'un vrai. Salut.

Le cri m'atteint avant que j'aie raccroché. Un cri-plainte, parti des cavernes pinuciennes.

— Atten en en ends...

Je remonte l'écouteur contre ma bafle.

— Quoi, encore?

— Dis-moi au moins ce que je dois en faire!

— De quoi, de qui?

— D'Henri Tournelle.

Quelque chose grésille dans une poêle et une odeur de beurre déjà chargée de calories. Malgré ma recommandation, M'man est en train de me mijoter un petit bigntz à elle, c'est plein de ressources dans son réfrigérateur, Félicie. Elle m'a ferré au poulet froid, mais je vais clapper de la haute cuistance bonne femme, c'est parti.

— Henri Tournelle! répété-je enfin.

Le grand air des trompettes d'Aïda m'éclate dans les trompes : Pinaud qui se mouche.

— Ben oui, figure-toi qu'après mon somme, à l'hospice, où, soit dit entre parenthèses et sans acrimonie, je te remercie de m'avoir abandonné, figure-toi qu'après ce léger somme réparateur, je dis bien : réparateur, car la nuit dernière, Mme Pinaud peut te dire que je n'ai pas fermé l'œil à cause de mes rhumatismes articulaires à propos desquels il va falloir que je prenne rendez-vous chez le professeur A. Sidurique, car ces choses-là peuvent te monter au cœur et tu te retrouves avec un souffle, voire une lésion cardiaque, merci bien...

Il se déballe menu, Pinuchet. Un besoin. Inutile de vouloir l'enrayer : une digue n'arrête pas l'eau, elle la détourne seulement. Alors j'ai droit à ses rhumatismes, consécutifs à une angine mal soignée, à son beau-frère mort naguère d'une affection de cette espèce, à des cures thermales envisagées, à tout...

C'est des ris de veau que M'man m'accommode. Je reconnais l'odeur. Elle sait combien j'aime ça. Meunière. Avec un peu de vin blanc et des raisins de corinthe. Une volée de poivre avant de servir, du

temps que ça grésille, un petit jus de citron et vas-y
Léon!

J'en salive, pis qu'un boxer à la devanture d'un
chenil plein de chiennes en chaleur.

Enfin la Pine retrouve le sujet de son complément
très indirect et sans objet. En voici le résumé. En
quittant l'hospice, il a aperçu une silhouette rôdeuse
dans le parc en friche de la maison de retraite. Tout
de suite, assure-t-il, il a su qu'il s'agissait de Riri.
Alors il l'a appelé, gentiment, comme il sait faire. Et
l'autre s'est laissé apprivoiser. Pinaudère a eu la
sagesse de ne pas l'accabler de questions. Il lui a
certifié qu'il lui arrangerait ses bidons pour peu qu'il
veuille bien lui faire confiance. Et il l'a décidé à
l'accompagner jusqu'à Paris. Comme la Vieillasse
n'avait pas un rond sur soi (Mme Pinaud, très
économe, ne le laisse en circulation qu'avec un
viatique de trente francs en poche) il a frété un taxi,
vu que, contrairement aux transports en commun, les
taxis se paient après le trajet. Il est venu directo chez
Béru, sachant que je devais m'y rendre, afin de me
réclamer le prix de la course tandis que Riri restait
dans le bahut en otage. Seulement, il y a eu le stupide
incident de l'haltère qui a fait diversion et je suis
parti sans crier ce que tu sais. Et voilà, il est en
compagnie de Tournelle et ne sait plus trop à quelle
sauce l'accommoder.

Maman me brandit un petit sourire de triomphe.

— Il faudrait que tu passes à table, chuchote-
t-elle, c'est prêt.

— Venez jusque chez moi, décidé-je.

— Tu paieras le taxi?

— Naturellement.

Un de ces jours, je lui ferai coudre un billet de cent
pions dans la doublure de sa veste, pour les cas
d'urgence.

*
* *
*

Vu de près, il a quelque chose d'un peu demeuré,
Riri. Peut-être pas vraiment de demeuré, mais
d'empêché. C'est un mec à problèmes pour qui ces
problèmes ne sont pas des problèmes, si tu peux
piger ça. Il appartient à la race des simples pour
lesquels rien n'est simple. Et je pourrais te servir ainsi
des tas de paradoxes jusqu'à ce que tu me flanques ce
polar de merde à travers la gueule.

Il dit bonjour bien poliment. Il est encore en tenue
de travail et il fleure la vinasse. Félicie propose à
manger aux arrivants et c'est eux qui jaffent le poulet
froid. Heureusement, j'ai eu le temps de tortorer mes
ris de veau avant leur survenance. Une merveille!

Pendant un bout de moment, on ne parle de rien.
Ou plus exactement de tout, ce qui revient au même.
Pinuche raconte que la voisine du dessous,
Mme Crottignard, la conseillère, a fait une crise de
nerfs consécutive et qu'il a fallu l'emmener à l'hosto.
On a profité du taxi orléanais. Pinaud et l'époux
assureur l'ont conduite, installée. César raconte qu'à
la Pitié, ils sont passés devant la chambre stérile de
haute surveillance où l'on maintient en survie le mec
qui a poussé le grand cri que vous savez tous, pour la
publicité de Mammouth. Paraît qu'il s'est explosé
tout l'intérieur, ce pauvre homme; depuis les souf-
flets jusqu'aux testicules. Un garçon très bien, qui
s'était porté volontaire parce qu'il imitait bien
l'éléphant en société. Le mammouth, il a voulu forcer
son talent, tu penses! Et depuis il est plein de tuyaux.
Un héros du travail, quoi. C'est beau, c'est grand, le
martyr des autres. Ça donne envie d'être bien chez
soi, à déguster des ris de veau. N'empêche, quand,
sur un poste périphérique, t'entends le cri du
mammouth en train d'enfoncer les prix, recueille-toi,

l'ami. Ce cri a plongé un homme dans le coma; or le coma, tous les médecins te le diront, c'est très mauvais pour la santé. Et puis on passe à autre chose.

La délirade, c'est bien joli pour le délireur, mais ça fait vite chier le public. Le public, tellement qu'il est nombreux, faut lui penser à tout. Tenir compte de son éclectisme, je dis. Une hydre qui fait la fine bouche, c'est duraille à alimenter.

Henri Banbel... Qu'est-ce que je raconte, moi! Henri Tournelle déguste son poultok avec beaucoup d'adresse. Les larbins de grande maison, à force, acquièrent l'éducation de leurs maîmaîtres, du moins dans le détail. Il sait tenir son couteau, sa fourchette, découper un pilon sans se l'envoyer sur la braguette. Il boit et ses lèvres ne s'impriment pas sur le bord du verre. Il ne produit pas un bruit de chasseur arpentant un marécage quand il mastique. De la tenue, sinon de la classe. Riri, soit, mais avec des manières Henri de France devant une assiette. Je l'observe à la dérobée, nonobstant mon honnêteté foncière (je l'ai acquise au Crédit Foncier). Il me plaît, ce branque. Un garçon sympa. Et puis voilà que la réflexion de sa vieille mère me rapplique à l'esprit, concernant ses relations sexuelles avec sa patronne et des cuisances de jalousie me titillent le rebord de l'âme.

— Henri, lui dis-je, il paraîtrait que votre patronne a des bontés pour vous?

Là, il s'arrête de jaffer et se met à me regarder la bouche pleine.

— Comment le savez-vous?

— Je fais un métier qui consiste à apprendre des choses que les autres ignorent... Alors ça biche, vous et Mado?

Il opine.

— Très bien, oui.

Dedieu, qu'entend-il par « très bien » ?

— C'est une bonne partenaire ?

— Elle a le feu aux fesses, certifie Riri avec une assurance tranquille.

J'en meurs ! Elle et moi, dans ma bagnole... Moi m'escrimant comme un perdu. La gigue du culte. Le denier du cul ! Et elle, passive, languide, pas très concernée, qui me demande, après en avoir morflé plein les baguettes, ce que je lui voulais *au juste !*

— Le taulier ne se doute de rien ?

— Oh, non. Elle vient me retrouver quand il est aux halles.

J'étrangle ! Elle va le retrouver ! Elle prend l'initiative d'aller se faire miser, la Moulfol ! L'insipide, la veule, l'inexistante, l'insensorielle ! Se peut-ce ? Je rage, j'orage, je fulmine...

— Et tu es amoureux d'elle, Riri ? je demande, passant au tutoiement pour faciliter l'aveu.

Il rétorque :

— Ben, je ne peux pas être amoureux d'elle puisqu'elle est mariée.

O nature, fragile humanité, moisissure tard venue à la surface d'une planète en refroidissement ! Comme tu enfantes d'étranges cerveaux ! Comment les réussis-tu si sommaires, nature ? Réponds-moi, je te cause ! Pourquoi te permets-tu des esprits aussi torturés que le mien ? Moi qui aurais tant aimé être con ; vraiment, totalement, bienheureusement con ! Moi qui aurais su faire ; je le sens à toutes mes velléités, à mon empêtrement dans l'intelligence qui m'échut.

Félicie débarrasse les assiettes et dispose des coupes de fruits rafraîchis. L'art d'improviser un repas, maman. Et elle a même trouvé le temps de se rhabiller complet, élégante : sa robe grise avec le col vert foncé.

Henri Tournelle plonge sa cuiller à long manche dans la coupe, ramène une moitié d'abricot.

— Pourquoi t'es-tu sauvé, ce matin, en apprenant que j'étais de la police?

Il prend un air buté de délinquant juvénile confondu par un gendarme. Se décide à bouffer l'abricot. Je le lui laisse manger. Pinaud vide son verre de Chiroubles. Pas très joyce : il préfère le vin blanc. Et moi je commande du vin rouge à l'auberge Saint-Hubert; je lui sers du vin rouge à la maison, pas pour le contrarier, mais par inadvertance.

— Je te demande pardon, lui dis-je, je vais aller te chercher du muscadet...

Il dodeline.

— C'en n'est pas, ça? s'étonne ce personnage du tertiaire en montrant son godet de vin rouge.

Je m'aperçois alors qu'il est défoncé, pépère, à bloc. Il tient grâce à ses toiles d'araignée.

— Si, le conforté-je, ça en est.

Il boit.

— Excellent.

Ne consomme pas ses fruits rafraîchis et demande à Félicie la permission de se rendre aux chiches, ce qu'il serait imprudent de lui refuser.

Il y va donc, d'un pas chancelant.

Félicie s'éclipse afin de préparer du café.

Nous voici en tête à tête, Tournelle et moi. Ses traits se creusent. Je devine qu'il s'évide, le valet de cœur à Madeleine Moulfol. La peur le prend.

— Tu n'as toujours pas répondu à ma question, Riri. Pourquoi t'es-tu sauvé, ce matin?

Il hausse les épaules.

— C'est idiot, oui, je sais...

— Ç'a été un réflexe irréfléchi?

— Oui.

— Donc, d'instinct, tu as redouté quelque chose de la police?

Il sait qu'il est coincé par mon raisonnement.

Sa situation n'est pas banale. Quelques heures plus tôt, il s'est enfui comme un braconnier devant le garde en m'apercevant, et à présent, le voici chez moi, à ma table, bouffant mon fricot, comme disaient les bonnes gens de jadis, et buvant mon picrate. Et moi, le flic, je le questionne en veste d'intérieur, tandis que ma maman lui confectionne un aromatique moka.

— Tu ne crois pas qu'il serait beaucoup plus simple de tout me dire?

Il acquiesce mollement.

— J'ai la gueule d'un croquemitaine? insisté-je.

— Non.

— C'est toi qui as tué le comte de Bruyère?

Il est effaré, presque indigné.

— Vous êtes fou!

Il se reprend, balbutie un vague « pardon » en baissant la tête. Il a de la difficulté à s'aligner sur moi. Il lui manque le bord d'attaque, comme on dit en aéronautique, que j'en sais plus long que tu ne penses sur la question, ayant été ingénieur dans une usine d'aviation avant que d'entrer dans la rouscaille. Il fait un blocage avec moi, comprends-tu? Ce qu'il confierait à d'autres ne « passe pas » lorsqu'il veut me le dire...

Les mots se foutent en travers de son gésier.

Je réfléchis un tantinoche, me lève pour aller rejoindre maman *in the kitchen.* Elle regarde travailler sa cafetière, Félicie. Une antique cafetière émaillée dans les tons blanc et mauve. On perçoit le gloutement de la flotte devenue café. Ça sent bon.

— Je te fais veiller, ma chérie?

Elle me rassure d'un beau sourire.

— Tu sais bien que cela me fait plaisir, Antoine.

— Je peux te demander un service?

— Tu peux tout me demander.

— Le garçon que Pinuche a amené ici me cache quelque chose. Il voudrait libérer sa conscience, mais je l'intimide. Je suis certain qu'à toi il te parlerait sans difficulté. Tu veux bien le questionner?

Elle a le bon sursaut, M'man.

— Mais, mon grand, je ne peux pas nuire à cet homme!

— Il ne s'agit pas de lui nuire, mais au contraire de l'aider. Il se flanque dans un pot de colle, M'man; je sens que s'il raconte la vérité, ça se passera bien pour lui et pour moi.

Elle hésite encore. A la fin de son tourment, elle questionne :

— Que faudrait-il lui demander?

— Simplement de dire ce qu'il s'obstine à taire. Il doit avoir une petite ébréchure au cerveau, un petit rien qui l'empêche de se comporter tout à fait normalement. Il faut l'aider, l'aider, comprends-tu?

Ma vieille a déjà préparé son plateau pour le caoua. Elle dépose la cafetière au beau milieu des tasses et ça se met à ressembler à une poule parmi ses poussins, stylisé, tu vois? Elle quitte la cuistance, lestée de son matériel.

Moi, je sors un tabouret de sous la table et m'assieds en attendant que ça se passe... La nuit est sereine, comme toujours chez nous. Avec des bruits familiers, des odeurs qui n'appartiennent qu'à notre logis. Mais je l'ai rabâché cent mille fois, la quiétude de notre pavillon, son jardin, sa tonnelle rouillée, l'encaustique, l'horloge et tout et tout, quoi! Une vie. Mieux : un monde! Notre aquarium d'où on emmerde sans se fatiguer, sans même avoir besoin d'y penser, de le vouloir, on emmerde juste en étant ici, en vivant dans cette douilletterie faite à la main, dans ce cœur à cœur quasi silencieux. Riche de tout ce qu'on sent et qu'on ne se dit pas. Des émotions qui vous caressent l'âme comme une musique entendue

un dimanche après-midi dans la torpeur d'une ville de
province qu'on ne connaît pas, où l'on ne reviendra
jamais et qu'on oublie déjà à la regarder...

La toile cirée de la table est à petits carreaux dans
les teintes rouille. Tiens, j'avais pas remarqué, au
mur, ce calendrier au nom de notre épicerie. La
gravure représente un quai de Paris, en automne. Les
feuilles mortes ramassées à la pelle. Un quai de jadis,
avant les voies sur berge. Epicerie J. Bauregard. Vins
et liqueurs. M. J. Bauregard appartient aux habitudes de ma mère. Elle sait son pas, le son de sa voix
et des choses de sa vie : question santé, vacances,
études des enfants, il y a tant à apprendre sur un
homme malgré que ça soit toujours pareil.

— Antoine!

Félicie qui m'appelle.

J'accours.

Elle est assise dans la salle à manger, à la place que
j'occupais naguère. Elle a ses avant-bras posés en
flèche sur la nappe, les mains jointes.

Riri fait tourniquer sa cuiller dans sa tasse, au
milieu de la fumée légère qui spirale.

— M. Tournelle vient de me dire une chose qui le
tracassait, et il est d'accord pour que je te la répète,
déclare ma chère mother.

Acquiescement de Riri.

— Je ne te cache pas, mon grand, que je souhaite
de tout mon cœur qu'elle n'ait pas de conséquences
fâcheuses pour M. Tournelle qui me paraît être un
très brave homme.

Chère Félicie, tu ne peux savoir à quel point je
t'aime à cet instant. Ni combien me touche ce ton de
miséricorde profonde.

— Je n'ai pas la moindre envie de lui faire des
misères, M'man, tu le sais bien. A moins, bien sûr,
que ce qu'il a fait ne soit très grave...

Elle hoche la tête.

— Je ne le crois pas, mon grand, non, je ne le crois pas. Vous lui racontez, monsieur Tournelle, ou préférez-vous que je répète ce que vous venez de me confier?

Il grommelle :

— Vous qui dites...

Félicie lui sourit mansuétudement. L'indulgence même, cette femme. Pas partielle, que non : l'indulgence pleinière.

— M. Tournelle et sa mère étaient en service chez un noble habitant la Sologne. Leur maître (elle use encore des anciennes formules, par inadvertance, n'a pas réajusté son vocabulaire aux réalités de l'époque) a été assassiné par son neveu, en soixante-seize. Le comte de Bruyère était un savant qui traduisait des manuscrits orientaux, n'est-ce pas, monsieur Tournelle? Au moment de sa mort, il travaillait sur un document rapporté de Chine par un journaliste. Quelques jours avant sa mort, un mystérieux personnage a contacté M. Tournelle en lui demandant de lui communiquer la traduction en cours, contre une importante somme d'argent; c'est bien cela, monsieur Tournelle?

Pour la première fois, Riri participe :

— Il me proposait cinq millions d'anciens francs.

— Mais il a refusé, fait remarquer précipitamment Félicie. Mieux : il a tout raconté à son maître, ce qui est le signe d'une grande probité, n'est-ce pas, monsieur Tournelle?

« Oui, oui », qu'opine l'interpellé.

— En apprenant la chose, le comte a dit qu'il allait se méfier et placer le document en lieu sûr; il a indiqué sa cachette à M. Tournelle, ce qui prouve qu'il lui accordait toute sa confiance. Et puis le malheureux monsieur a été tué par son neveu, un dévoyé auquel il refusait de l'argent. Et au bout de quelque temps, M. Tournelle et sa maman ont quitté le

château. C'est au moment de ce départ que M. Tournelle a repensé au manuscrit du comte. Il l'a sorti de
sa cachette et l'a emporté, comme ça, sans idée
préconçue. Sa vie s'est réorganisée autrement. Sa
vieille maman a pris sa retraite dans une maison
spécialisée, lui a trouvé une première place à Orléans,
chez un médecin, mais l'ambiance lui déplaisait et, au
bout d'un certain temps, il s'est reconverti dans le
milieu hôtelier.

Ma pensée, irrésistiblement, vole vers Mado Moulfol, cette nouvelle déesse de ma vie sentimentale. La
chère belle âme creuse! Cet inintérêt sublime! Ce
vide entouré de rien! Un farouche besoin de la
retrouver me point. Je la voudrais pour moi tout
seul.

— Et alors? questionné-je, manière de m'arracher
à mon anesthésiante convoitise.

Maman est gênée parce que c'est à partir de là que
ça va se gâter pour Riri. A partir de là que ses
actions vont enregistrer un spectaculaire recul.

— Des gens l'ont recontacté récemment pour lui
parler de ce manuscrit. C'est là que M. Tournelle a
eu une petite... heu... faiblesse. Son maître étant
décédé, il a cru... Il s'est dit... Il a pensé...

Je fonce à son secours, ma chère chérie :

— Bref, il leur a vendu le manuscrit?

— Oui, mais comprenons bien son état d'esprit,
Antonio.

— Je le comprends. Tu l'as vendu combien, Riri?

— Cinq millions.

— Ils étaient fermes sur les prix. Et qui étaient ces
gens?

— Deux messieurs.

— Tu les connaissais?

— Non.

— Jamais vus auparavant?

— Non.

— L'un d'eux était-il l'homme qui t'avait contacté une première fois?

— Non.

— Ça s'est passé comment, la transaction?

— Ils sont venus dîner un soir, au *Saint-Hubert*. C'est en allant chercher leur voiture au parking qu'ils ont frappé à ma porte, j'habite un petit logement près des hangars.

— Et comment t'ont-ils demandé le papelard en question?

Riri prend son air le plus emprunté. Des nuages de demeurance lui passent devant la vitrine. Il paraît penser à autre chose; pas fatalement à la mort de Louis XVI, pas même à celle de Clotaire de Bruyère, mais à des trucs davantage sophistiqués, tels que la culture du rutabaga en Laponie ou l'accordage des guitares sèches dans le sud de l'Espagne.

— Ben, ils m'ont demandé si je n'avais pas travaillé chez M. le comte. J'ai dit que si. Ils ont dit que M. le comte avait été un grand savant du langage, et comme quoi il traduisait un document délicat juste avant de mourir. Que ce document, on ne l'avait jamais trouvé. Et que si on remettait la main dessus, la science y gagnerait, que sinon ce serait une grande perte pour l'humanité. Que eux, ils appartenaient au service des recherches spécialisées et qu'il y avait une prime de cinq millions pour qui permettrait de récupérer le manuscrit. Moi, que voulez-vous... J'ai pensé à maman. Je voudrais la mettre dans une maison mieux que celle où elle se trouve; un endroit où elle aurait sa chambre pour elle toute seule, et où la nourriture serait meilleure. Et puis M. le comte était mort, après tout. Et alors...

— Tu leur as remis le papier?

— Oui.

— Tu l'avais à portée de main?

— Il se trouvait au fond de ma valise, entre l'étoffe et le carton de cuir.

— Et c'était comment, ce manuscrit, Riton?

Félicie cloche un peu. Elle murmure que si nous n'avons plus besoin de rien elle va s'aller coucher. Nous laisser bavarder tranquillement.

Je lui fais la double bise du soir. Riri se lève, fort civilement, pour prendre congé. Maman *exit*. Je réattaque :

— Hein, Riri, le manuscrit, il se présentait sous quelle forme?

— Boff, c'était un parchemin, plein de caractères chinois. Assez grand. Epinglés après, il y avait les feuillets de M. le comte.

— Ils étaient rédigés en français?

— Non, en chinois. M. le comte avait traduit du vieux chinois en chinois d'aujourd'hui. Il est mort avant d'avoir traduit du chinois d'aujourd'hui en français de maintenant. Enfin, je suppose.

— Et ils t'ont donné le pèze tout de suite, les deux types?

— Oui. Recta. Y'en a un qui est allé le prendre dans leur voiture.

— Curieux de laisser tant de fric sur un parking, non?

— Ça, oui. Mais ils devaient fermer à clé.

— Et le pognon, où est-il?

— Dans ma chambre du *Saint-Hubert*, caché. Mais je suis prêt à le rendre.

Le rendre à qui?

Le téléphone éclate tout à coup dans la baraque. Impérieux, sinistre à cette heure indue. Depuis le haut de l'escalier des chambres, Félicie me demande à la cantonade :

— Je dois répondre?

— Oui, et si c'est le Vieux, tu ne m'as toujours pas vu.

La sonnerie cesse. Le voyant vert reste allumé un moment sur le poste du salon. M'est avis que ça ne doit pas se passer formide. Enfin, le déclic et la loupiote s'éteint.

Je me rends au bas de l'escalier. M'man est en haut, plus pâlotte que de coutume.

— C'était lui?

— Oui. Furieux. J'ai l'impression qu'il ne m'a pas crue. Il faut dire que je mens si mal, mon pauvre grand...

— Qu'a-t-il dit?

— Qu'il entendait pouvoir compter sur ses collaborateurs et que sinon, il en changerait. Que cette partie de cache-cache avait assez duré. Il t'attendra à son bureau demain à dix heures; si tu n'y es pas, il confiera l'affaire à quelqu'un d'autre. Il s'agit d'une chose très importante nécessitant ton départ à l'étranger.

Elle est tout angoissée, M'man. Frileuse de crainte. Et pourtant pas mécontente de me savoir ici, en bisbille avec ce foutu Dabe qui passe sa vie à m'arracher à celle de Félicie.

— Ne te tracasse pas, M'man. Va dormir. T'ai-je dit que tes ris de veau étaient de première? Ils méritaient les clés d'or de Gault et Millau.

Je reviens au salon.

— Attends-moi cinq minutes, Riri, je monte me fringuer, on va aller faire un tour.

— Vous m'arrêtez? bredouille le malheureux.

— Non, sois tranquille.

Mais son regard reste lesté d'incrédulité. Alors j'explose :

— Ecoute, fesse de rat, non seulement je ne t'arrête pas, mais de plus tu garderas le blé. Je suis un poulet accommodant, non?

Il soupire :

— Vous dites ça...

— Riri! Tu aimes ta vieille, hein? Bon, moi, j'adore la mienne, si je te jure sur sa vie que je te dis la vérité, tu me croiras?

Là, il se sent délivré, soudain.

— Comme ça, oui.

— Alors bois un coup de cognac, la bouteille est sur la desserte.

***

C'est au moment où je franchis le pont de Saint-Cloud que ça me revient :

— Merde! j'ai encore oublié Pinaud. Il a dû s'endormir aux chiottes.

J'AI DE LA VEINE
D'AVOIR DE LA CHANCE

La *Paris Détective Agency*.

Il y flotte l'obsédant parfum de Claudette. J'ignore la marque du sien, mais elle doit se le passer à la lance d'incendie pour que ça fouette tant pareillement. Moi, sitôt que je me pointe à l'agence, j'éternue. Comme tous les sensuels, je suis particulièrement sensible aux odeurs.

Je pousse la lourde de mon bureau.

— Entre, Riri !

Lumière.

Il est intimidé par le « dizagne » du lieu. Cézigue, à servir dans un château, il s'est accoutumé à cette chierie Louis XV-XVI et la suite (plusieurs lignes groupées) que les belles demeures abondent (1) aussi l'ultra-moderne l'impressionne-t-il.

Je lui montre un fauteuil et vais m'asseoir derrière mon burlingue qui ressemble un peu au tableau de bord du Jumbo.

Je te prends le bigophone par exemple. Il suffit que

_____

(1) Note pour les écoliers. Je devrais écrire « Qui abonde dans les belles demeures », mais je trouve plus intéressant comme ça. C'est pas seulement les mots qu'il faut violer, mais également les phrases.

j'appuie sur une touche au nom d'un de mes collaborateurs pour que son numéro se compose automatiquement. Si j'actionne un deuxième bistougnet, la conversation passe par un ampli et tout le monde peut la suivre et y participer dans la pièce. Détails parmi cent t'autres (j'accentue la liaison pour compenser celle de Béru qui dit toujours cent z'autres).

Là, j'enfonce la touche chargée de me délivrer la communication avec Mathias. Un cliquetis saccadé se répand dans le silence entier de mon bureau. Et puis la sonnerie d'appel. Sonne que sonneras-tu. Doit draguer dans les bras de Morphée, l'artiste. Enfin on décroche et un timbre féminin aussi sympa que le coup de frein brutal d'un tramway retentit.

— Qu'est-ce que c'est?

— Pardon de vous réveiller, madame Mathias, j'ai besoin de parler d'urgence à votre époux.

Un silence serré comme le collant d'un danseur suit.

Puis la mégère murmure :

— Parler à mon mari?

— Je sais qu'il n'est plus l'heure des causettes, chère amie, mais le travail commande et...

Re-silence, macéré dans du vinaigre d'alcool au piment rouge.

— Dites-moi, monsieur le commissaire, je croyais qu'il passait la nuit avec vous, mon mari.

Bloing! La tuile. En anglais « the tile » (ils ont supprimé le « u » parce que l'u rit noir, comme disait mon vieux Léon qui faisait de l'à peu près une science exacte).

Un qu'imperturbe, dans ces cas où t'as intérêt d'avoir ton flacon de self-contrôle à portée de la main, c'est bien le gars moi-même, fils unique et préféré de Félicie.

— Je lui ai en effet confié une besogne délicate, en

lui précisant qu'il pourrait rentrer chez lui sitôt qu'il en aurait terminé. Il faut croire qu'elle se prolonge.

— Oui, grince la vilaine girouette gothique, il faut croire.

— Navré de vous avoir importuné, madame Mathias... Bonne nuit.

Sa nuit, à la petite ogresse, je peux pas me prononcer, mais ce qui est certain c'est que le matin de mon rouquin ne chantera pas!

Je vais laisser un mot à son labo, des fois qu'il aurait la bonne idée de passer par ici avant de rentrer at home, ce nœud coulant!

— Attends-moi, Riri!

Mais il pionçotte déjà, style Pinuche, l'ancien larbin du comte, harassé par trop d'allées et venues riches en émotions fortes.

Je traverse l'entrée odorifiée par miss Claudette et pénètre dans l'antre de Mathias.

M'arrête, interdit, surpris, vite émerveillé.

Il est laguche, le rouquemoute. Pas seul : la môme Sonia lui tient la plus belle des compagnies. Et c'est même une compagnie de sapeur. Qu'imagine la, veux-tu, nue de la partie sud, étendue sur sa table de travail du rouillé, les jambes en position de bras gaulliens, ses talons reposant sur les épaules de Mathias, lequel se tient à la verticale et l'oblitère lentement, que dis-je : langoureusement, à coups de reins méthodiques et attentifs puisqu'il tient une puissante loupe à lentille qu'on vexe entre son regard de chercheur et son zob de trouveur. Tu réalises bien la scène?

Mon arrivée provoque un ralentissement dans sa gesticulation phallique. Sonia tourne la tête vers moi et s'exclame.

— Mais c'est Antoine! Bonsoir, Antoine! Tu as vu la façon de baiser de ton blondinet? Je te jure que c'est un cas, ce type! Et quelle santé! On a dû limer

au moins dix fois depuis cet après-midi. J'ai les
jambes en caoutchouc.

Elle est belle, dans l'amour, Sonia. Certes, elle
commet des fautes d'orthographe en parlant, mais les
fautes d'orthographe font bon ménage avec la
sincérité. De toute évidence, jouant les Pygmalion du
radada avec Mathias, elle obtient des résultats
appréciables.

Mathias se rebraguette prestement, bien que sa
manœuvre soit quelque peu freinée par l'absence de
souplesse de son paf.

Il n'ose me regarder. Il craint une semonce. Tout
supérieur hiérarchique autre que moi lui ferait
remarquer qu'un laboratoire n'est pas un baiso-
drome. Seulement je connais la vie, ses tenants,
aboutissants, faiblesses. Je la pratique. Elle m'est
devenue indispensable. Qu'à quoi bon, dès lors,
reprocher à autrui ce qu'on se pardonnerait si
volontiers à soi-même? Hmmm?

— Cher Rouillé, lui dis-je, l'usage de ta loupe me
trouble, si je puis dire. Au plan de la volupté,
saurais-tu m'expliquer son intérêt?

Il hoche les épaules et hausse la tête simultanément, ce qui fait que je m'embrouille dans l'énoncé
de ce double mouvement.

— Eh bien, pour tout vous dire, monsieur le
commissaire, je suis fasciné par la vision macrocos-
mique de l'univers tout autant d'ailleurs que par sa
vision microcosmique. Le phénomène d'agrandisse-
ment et celui de réduction exercent sur moi un attrait
particulier. Gigantisme et nanisme me passionnent.
Ils constituent, lorsqu'ils sont provoqués, une espèce
de poésie par métamorphose. Un coït, surtout
lorsqu'on en est l'auteur, revêt un intérêt bien plus
grand s'il est surdimensionné. Dans le cas présent, je
regardais mon sexe pénétrer celui de Mlle Sonia et
j'étais béant d'admiration. L'acte prend un aspect

inconnu qui le sacralise. Pourquoi le poster connaît-il
une telle vogue, monsieur le commissaire? Parce qu'il
disproportionne ce que vous savez déjà sous un
aspect immuable. Je voudrais vous faire comprendre
tout le...

— Merci, l'interromps-je, et repos : j'ai parfaitement saisi la subtilité de ta démonstration, Rouquin.
Tu es un poète de la baisance, seulement, comme
tous les vrais poètes, tu es plus vicieux qu'un ouistiti.
Navré de vous avoir dérangés, mes amis. Je vais me
retirer très discrètement afin que vous puissiez
achever dans le calme ce que vous aviez si bien
commencé.

— Non, non, proteste Mathias, l'élan est interrompu. Si Mlle Sonia le permet, nous reprendrons
cette conversation demain entre midi et deux heures
à l'hôtel de « *L'Equateur et des deux hémisphères
réunis* ». J'apporterai des sandwiches et une thermos
de café fort.

Sonia la tope.

Je lui demande s'il convient de lui appeler un taxi,
ce qui est une fin de foutre-à-la-porte presque
élégante. Elle répond que non-non-pas-la-peine-je-
vais-aller-prendre-un-pot-au-*Glandulair's Bar*-rue-de-
Ponthieu (dont il ne faut pas prendre les enfants pour
des canards sauvages). On la regarde, avec intérêt,
voire émotion, réintégrer sa culottette si mignonne, si
superflue, puis son collant à la con, se draper dans sa
jupe à plis froufroutants, et enfin monter dans ses
chaussures à hauts talons, la chérie. Combien c'est
gracieux, une femme. Ses gestes, volumes, mimiques.
Sa grâce, sa sensualité. Qu'on ne les baisera jamais
assez, ces rares salopes. Sublimes fumelles, nom de
Dieu! Avec plein de cul et nichons, volumes divers,
d'été, de demi-saison. Fentes enfiévrées. Sourires
damneurs. Œillades assassines, les gueuses meur-
trières. Et tout, toujours renouvelé, convoitant,

certain. En plus, des garceries connasses à vouloir
l'égalité avec nous autres pommes à l'huile. L'égalité
avec nous qui vivons à leurs pieds mignons, à leurs
genoux bien lisses, à leurs chattes mignardement
frisées. Hmm, y'a bon Banania! Egalité de quoi, mes
reines? Egalité pourquoi, mes déesses?

Egalité pour crever en même temps que nous, vous
qui nous survivez si bien? Egalité pour devoir baiser
sous condiction d'érection, vous qui n'avez qu'à
ouvrir les jambes et à bramer « ah! qu'c'est bon? »
Egalité pour devenir chauve, vous qu'on enterre avec
des tignasses de horse-guard? L'égalité pour marcher
au pas, dans les défilés militaires, vous qui semblez si
connes quand la chose vous arrive, avec vos dou-
dounes ballottantes sous l'uniforme! Ah, sang Dieu
de connes, qu'est-ce qui vous passe par la tête ou
ailleurs, mes drôlesses? Vous, pour qui on s'entretue,
vous, pour qui on se ruine? J'en ai vu, en train de
Pivoter avec moi, si combien dérisoires dans leurs
rebellions de salon! Piétreté d'arguments, vue pres-
bite de l'esprit. Gamines! Tiens, suce, ça te fermera le
clappoir à débloquer!

Et poum, patatraque, la Sonia s'en va, cliclaquant
des talons sur le sol de marbre, tortillant son exquis
prose, emportant son parfum, ses effluves, toute
l'exquiserie de sa présence. Un baiser à chacun. Elle
touche le nœud de Mathias, par sympathie, histoire
de lui accorder un petit régime préférentiel, de me
rendre jalmince. Mais moi, tu peux aller la faire
foutre! Mon obsédance, c'est Mado Moulfol, et
point à la ligne.

J'y vais.

J'y suis : face à mon rouquemoute télescopé par
ma souris. On est à la ligne tous les deux, les yeux
dans les yeux. Et on y est bien, ça détend. On ne va
jamais assez à la ligne. J'écris trop massif à présent,
trop compact. J'abondante. Dans mes débuts, j'avais

le sens de la petite phrase courte : *Il poussa la porte et entra;* et hop, à la ligne, pas d'histoire! Les pages de mes polars d'alors ressemblent à des bandonéons étirés. Maintenant, je suis un vrai pro, un vrai Proust; je peux me permettre d'affronter les longs paragraphes à changements variables. Des demi-pages sans points, parole. Je pagaie à la virgule. La maîtrise, quoi, n'ayons pas peur. Le langage, c'est un cheval sauvage. Au début, quand tu l'entreprends, tu te crois à un rodéo. Et puis tu le domptes et te voilà écrivain de jumpinge : bombe noire, culotte blanche, veste de velours, à te rire des obstacles, enlevant ta monture du genou et du poignet : saute, Ernest, saute! Faut que ça saute! Et ça saute! Tu te paies des sans fautes, qu'à peine t'écornes une haie, parfois, en inadvertance. Et bon, tu continues, continues, ta langue devient haridelle dodelinante. Cheval de corbillard. Moi j'insurge. Me laisserai pas avoir. Mon manège à moi, c'est moi! Je continuerai de me tourner autour.

— Il me semble que j'avais quelque chose d'urgent à te dire, Mathias. je murmure en le regardant jouer avec sa loupe coïtale.

— Ne cherchez pas, ça va vous revenir, il rigole, l'apôtre.

— Oui, probable. J'ai la tronche ailleurs aujour-d'hui : j'oublie Pinaud dans tous les coins et mainte-nant, avec toi... Bon, arrive, je suis avec un citoyen que je voudrais te confier.

— Pour quoi faire?

— Un ou deux portraits-robots. N'est-ce point là l'une de tes spécialités?

La Rouillasse soupire, avec un peu de détresse dans l'exhalaison :

— Tout de suite, commissaire?

— Et même avant, si tu le peux.

Je vais quérir Riri. Il dort à point nommé et à poings fermés, comme les boxeurs.

Je ne le réveille pas tout de suite. Un mec qui en écrase est révélé à celui qui le contemple. Sans défense, il s'offre à l'examen. Alors je l'examine. Et une chose me frappe : quand il pionce, il n'a pas l'air con du tout. Cette physionomie bêtasse qu'il arbore généralement a disparu. Frappant. Il me semble découvrir un nouveau personnage.

M'étant repu de lui, je lui tapote l'épaule. Il rallume ses fanaux, se redresse.

— Hein ?

— Viens avec moi, l'artiste.

Présentations rapides. J'explique.

— Riri, sais-tu ce qu'est un portrait-robot ?

— Comme dans les journaux ?

— Voilà. M. Mathias ici présent est un orfèvre en la matière. Tu vas lui raconter les deux types qui t'ont acheté les documents. Procède par ordre, posément. Commence par celui qui t'a le plus frappé, dont tu te souviens le mieux. Explique bien tout, en détail. Je peux compter sur toi ?

Il dit qu'oui.

Je les laisse. J'ai les cannes en plomb. Un coup de roupille ne me ferait pas de mal. Pendant que mes deux lascars opèrent, je vais pouvoir m'offrir une ronflette.

Et me voici allongé sur le canapé de mon bureau. Le sommeil tarde parce que j'ai la tronche trop basse. Je me mets à phosphorer dans le noir, ce qui illumine positivement la pièce.

Je me dis : « C'est une histoire apparemment compliquée, mais qui doit être très simple ».

D'où me vient cette certitude ?

Je passe en revue les personnages, ceux que j'ai rencontrés et ceux dont je ne sais pas grand-chose :

le pauvre d'Alacont sur son lit de misère, les Mouillechaglate un peu tordus, tout feu tout flamme et grandes gueules, Marie Tournelle dans son hospice kafkaïen, et qui fut, jadis, la déniaiseuse du comte de Bruyère. Son fils, le Riri plus ou moins pincecorné, qui reconnaît s'être approprié les fameux documents chinois et les avoir vendus. L'épouse morte mystérieusement en Grèce peu de temps après son mari. Une actrice anglaise excentrique, vigoureusement haïe par les larbins du comte. Et puis, Léon de Hurlevon qui déniche des parchemins dans une potiche vénérable et qui se tue à moto le jour où est tué le comte, sur la route conduisant à son domaine. Et encore ces gens soudoyant le domestique...

Qu'est-ce qu'elle maniganceraît avec tous ces produits de la ferme, la mère Christie? Elle le reconstituerait comment, le puzzle? Manque-t-il encore des pièces? Ou bien me suis-je embarqué dans une affaire toute solutionnée? Mon pif! Il a bon dos, si je puis dire. Mes impressions aussi. Maigret! Tu parles : maigrelet, ouichtre! Le neveu est le coupable idéal : voyou, acculé, visite inopinée à son tonton qu'il ne voyait jamais, va se balader dans la forêt où le comte baise et chevauche, l'aperçoit mort, tué avec son propre pistolet! Yayaille, résumé aussi abruptement, tu ne mets pas un fif sur le numéro de son dossard à Gaspard. L'infortune de Gaspard! Et comment qu'il est le coupable rêvé, désigné. Qu'ils ont bien fait de l'embastiller et condamner, je gage. Et moi, Grosse Glande, parce que Mayençon Clovis a fait des photos de sous-bois, je prétends annuler ce qui précède, tout recomposer autrement.

Le torticolis me prenant, je cherche quelque chose à me filer sous la nuque. Ne trouve rien de mieux que l'annuaire du téléphone. Un peu duret, mais quoi, les Japs dorment avec une bûche de bois en guise d'oreiller, à ce qu'on m'a dit. Tu m'objecteras que

ces cons-là ont les cervicales blindées et le trou du cul
plus grand que les yeux, certes, mais enfin ils savent
ce que c'est qu'un traversin; alors s'ils ont choisi la
bûche, c'est qu'il y a tout de même une raison, non?

Du moins c'est ce que je pense; toi, tu fais comme
tu veux, hein? J'oblige personne.

C'est dans le menu courant de ma vie que le destin
se manifeste le plus volontiers. Au moment où je vais
disposer l'annuaire contre l'accoudoir, il choit sur la
moquette. Je le ramasse. Et...

Mais non, tu ne vas pas me croire, t'es bien trop
sceptique. Et moi, je suis ton antiseptique.

Et pourtant.

Tu veux que je te dise?

Le veux vraiment?

D'accord.

Mais auparavant on va laisser passer une page de
publicité :

Bon entendeur, salut!

Ne gaspille pas ton sens auditif pour une ouïe
ou pour un gnon.

Au lieu d'écouter aux portes, écoute plutôt les
émissions de Pierre BELLEMARE.

Enquêtes-Variétés-Filatures.

Pierre BELLEMARE, l'homme qui ne laisse rien
passer... sauf les pages de publicité!

Donc, l'annuaire a chu, je l'ai ramassu et regardu
machinalement.

Voire...

Tu crois souvent à la machinalité de tes actes alors
qu'ils te sont dictés par l'instinct.

Ah! l'instinct, quelle performance!

Que lis-je, au sommet de la page droite, donc une
page impaire, passe et manque, un nom.

Un nom tout seul au-dessus des autres parce que c'est celui qui commence la première colonne : *Hurlevon*.

Abruti comme je te sais, t'auras peut-être oublié que c'est là le patronyme du photographe de presse qui découvrit le manuscrit ancien dans la potiche chinoise. Je te le remémore à toutes fins inutiles.

Hurlevon. Tout en haut de la page... Comme il se doit (1).

Je lis : *Hurlevon* (de) Jasmine. 14, rue de l'Abbé Désange, Paris 8. Tél : X (2).

J'ai omis de demander au Gravos l'adresse de feu Léon de Hurlevon. Mais peut-être s'agit-il de la sienne. De toute manière, il n'existe pas d'autres Hurlevon dans l'annuaire.

Ma tocante indique zéro heure quarante-huit (c'est une montre digitale à quartz, de ces breloques à la con qui mobilisent tes deux mains avant de te donner l'heure : le poignet gauche pour la porter, la main droite pour déclencher son cadran lumineux. Ce n'est pas une heure décente pour tubophoner, je le sais. Mais il se trouve que mon sommeil s'est volatilisé et que je me sens infiniment disponible.

Voilà pourquoi je vais m'asseoir à mon bureau, afin de composer ce fameux numéro que je me garderai bien de te révéler, pauvre gonfle, toujours à mijoter des plaisanteries de débile invertébré.

Le Seigneur, qui n'a rien de particulier à fiche, cette nuit, est avec moi, car le bignou n'a pas le temps de grelotter deux fois. On décroche. Une voix féminine, plus incisive que mes huit réunies dit : « J'écoute ».

San-Tantonio (comme ils disent tous, ces cons, en

_____

(1) Moi, je me comprends, mais t'es pas obligé.
(2) Je ne te révèle pas le numéro, des fois que t'aurais l'idée de faire tarter l'abonnée.

oubliant mon mignon trait d'union quand ils écrivent
mon blase, pour comble) plonge.

— Pourrais-je parler à Mme Jasmine de Hurlevon?

— C'est moi.

Je me ramone la gargante.

— Pardonnez ma question, mais êtes-vous apparentée à Léon de Hurlevon?

— Je suis sa veuve, pourquoi?

Je pousse un glaoupe de joie irrésistée. Kif le mec
qui veut s'éviter d'exclamer « Dieu soit loué », vu
que ça ne se dit plus beaucoup dans les salons
littéraires.

— Ici Edgar de Triage, fais-je, pensant qu'une
petite particule vite-fait-sur-le-gaz ne fait pas mal
dans le tableau pour parler à une de Hurlevon, le fût-
elle, la futile, par alliance.

— Oui?

Elle attend la suite. Prudence est mère de la Sûreté
Nationale, comme chacun sait.

— J'ai été l'ami de Léon, jadis; nous avons fait,
notamment, un séjour en Chine Populaire aux
basques d'un ministre à la noix. Il a dû vous parler
de moi?

Ce toupet! comme disait Mayol.

La veuvette réfléchit.

— Voulez-vous me rappeler votre nom?

— Edgar de Triage.

Elle place un silence entre ça et ce qui va suivre.

— N'avez-vous pas un sobriquet? me demande-
t-elle.

J'hésite pas :

— J'en ai même plusieurs. Duquel ce pauvre Léon
vous a-t-il parlé?

Elle ricane :

— Houmf, pas très correct.

— J'en ai entendu d'autres.

— Big-Nœud!

Merde, tu diras pas, mais c'est admirable, le hasard, non? V'là que je cadre pile au descriptif.

— Yes, madame. Comme je n'ai pas le bonheur de vous connaître, je m'abstiendrai d'ajouter « pour vous servir ». D'ailleurs ce serait déplacé. Dites, j'arrive de Hong-Kong, et je n'ai personne à Paris à qui rendre visite. On ne pourrait pas se rencontrer pour causer un peu de Léon?

— Volontiers, dit-elle sans, tu sais quoi? Barguigner.

— Quand? haleté-je.

Elle pose la question que je n'osais espérer :

— Où êtes-vous, là?

— Roissy-Charles de Gaulle.

— Si vous n'avez pas sommeil, venez prendre un pot.

— Sommeil! J'ai dormi dans l'avion depuis l'escale de Bombay. O.K., j'arrive. Mais ça ne vous embête pas?

— Pensez-vous, une occasion de parler de Léo, je ne puis la laisser passer.

J'aurais dû me gaffer que Léon de Hurlevon était surnommé Léo!

Je file au cabinet de toilette me donner un petit coup de rasoir et me lotionner un peu la frite.

Au labo, Mathias est en train de décortiquer soigneusement l'ami Riton. Tout baigne dans l'huile d'amande douce.

C'est seulement une fois dehors que je me souviens de ce qu'il fallait dire au Rouillé.

Je ne l'ai pas averti du coup de fil de sa bonne femme. On aurait dû la rappeler fissa, lui et moi, pour le couvrir. Sa rentrée ne sera pas fanfareuse, moi je te le dis.

UNE LUEUR A TRAVERS LES POILS

Chouette bâtisse, un peu fromageuse comme toutes celles des années 30. Ça se présente comme ça : t'as un porche, du genre pompeux ; puis un grand escalier majuscule, avec marbre, tapis, ascenseur et même une statue de bronze dans une niche qui représente une Diane chasseresse (pour l'instant, je te dis, elle chasse pas puisqu'elle est à la niche). Un petit écriteau annonce que pour Jasmine de Hurlevon, c'est l'escalier à droite dans la cour.

Alors, la cour.

Oui : v'là l'escadrin annoncé. Une porte vitrée en protège l'accès. Elle s'ouvre sans difficulté. L'escalier est un peu raide, en bois, recouvert d'une moquette éliminée.

Il conduit d'un élan à une espèce de palier-cul-de-sac encombré de plantes en pots, toutes plus grasses l'une que l'autre et où s'ouvre une porte provisoirement fermée. Je subodore un petit appartement mourant, douillet, dans le genre atelier, comme on n'en trouve qu'à Pantruche ; quelque chose d'un peu guingoiseux aménagé dans quelque excroissance de l'immeuble. A présent, ils font du fonctionnel, bien rectiligne, et c'est fini ces coins de rêve pour artiste pécuneux.

Je sonne doucettement. Ça fait un peu carillon

alpestre à l'intérieur, sur trois notes frivoles. On vient m'ouvrir.

Je m'attends à tout, mais c'est le reste qui m'accueille. La veuve Hurlevon, je la figurais dans les gonzesses d'une trentaine de bougies, un peu avachie mais pas trop blette. Tu sais? la nanoche en futal de velours, chandail trop ample en grosse laine ternasse. Je voyais un univers enfumé, du désordre, une ambiance bordélique, quoi. Le fait qu'à une plombe du mat on me convie sans me connaître me donnait à croire.

Foin, mon pote. Foin, foin, foin!

La personne que je te cause, la veuve Hurlevon, est une dame qui marche délibérément sur sa quarantaine, mais comment! Attention, les rétines! Abaissez vos visières, sieurs et dames. Chaussez vite vos lunettes polaroïd. Dedieu, la belle bête! C'est un lot, c'est une affaire! De la jument de haulte race. Pure-sange! Quelle classe! Quelle silhouette! Quelle allure! Quelle fête pour l'œil (en attendant mieux)!

Grande, blonde, le regard d'un bleu de « lapez-la-Julie » comme dit Béru. Un port épique. Une grâce, une beauté, nananère! Tout! La fée! Tu restes coi, tu deviens coït. T'as envie de lui supplier de ne plus bouger et de t'asseoir devant elle pour la regarder tout bien, partout, sans rien laisser perdre, que rien ne t'échappe surtout pas. Elle porte une espèce de robe indienne aux impressions héroïques (1), bleu foncé avec des ramageries bronze et ocre, bordel! Des spartiates dorées, oui! Et puis des bracelets anciens, des colliers plus anciens encore. Et sa coiffure! Sa coiffure, nom de Zeus, sa coiffure!

---

(1) Pourquoi pas héroïques? Tu souhaiterais quoi d'autre à la place? Biffe et remplace, je suis un auteur malléable comme un masque en caoutchouc; et pas sectaire pour un franc, pas du tout agrippé à son texte.

Comment qu'on arrive à ça? Cette harmonie, ce
ploufignal, ce gradinge, ce mordùrond, ce chose,
quoi!

Elle me sourit. La grande dame! Cette affaire
pleine de particules finit par être particulière, ayons
pas peur de calembourer dans la vase.

Derrière la dame, je distingue, en partie, son
logement. L'écrin est digne du joyau, comme l'écrivait Robbe-Grillet dans son *Traité onirique sur la
moustache sans poils.* Tout tendu de tissu véry
bioutifoule, délicat, subtil. Franchement déroutant,
sans charre. J'en connais des photographes de presse,
j'ai beaucoup de potes dans cette honorable corpora-
tion, je dirais même des chiées pour être plus précis,
alors tu vois! Eh bien, aucun d'eux (ou d'œufs car
j'en sais qui sont chauves) n'a jamais possédé une
épouse ni un appartement pareils. Never!

— Déjà! gazouille-t-elle en me jaugeant d'une
œillerie féconde (1).

— A cette heure, les artères sont dégagées, fais-je
observer.

J'entre.

Inouï. Le grand super luxe. Pas celui des z'ensem-
bliers-décoramerdeurs qui uniformisent les apparte-
ments à partir d'un certain niveau de vie. Moi, j'ai
des relations, j'sais jamais chez laquelle que je me
trouve, tant tellement leurs crèches sont identiques,
hallucinantes de pareilleté, avec les mêmes tentures,
gravures, meubles, canapés, plus mimétiques que les
F 3 des Mureaux ou de Sarcelles... A croire qu'ils
raffolent tous des mêmes chieries impersonnelles et
qu'ils complaisent dans l'anonymat de luxe. Le buffet
campagnard gratuit a porté ses fruits (de la Passion),
les gars. Bravo!

_____

(1) Là aussi : œillerie féconde, tu peux remplacer si ça te fait
chier, n'hésite pas, j'écris pas pour la gloire!

Chez Jasmine de Hurlevon, c'est raffiné. Rare, même. Je ne suis pas d'accord sur tout, mais je reconnais franchement la qualité très affûtée de l'ensemble.

Le livinge n'est pas très grand, mais si feutré, si gourmand. Une chaîne Hifi hifise une mélodie suave, un énorme bouquet de fleurs savamment agencées met de la joie dans la pièce.

Elle me désigne un fauteuil très bas qui m'absorbe jusqu'aux épaules.

— Que puis-je vous offrir?

J'aime ses yeux, sa couleur, son parfum, ses fringues, son sourire, ses formes, ses dents, son bouquet de fleurs, sa musique douce, son fauteuil, ses mains, ses bijoux, sa cordialité. Et je suis prêt, archi-prêt, à vénérer : sa chatte, ses seins, son nombril, sa peau, son whisky pur malt et sa technique. Évidemment, rien de comparable avec Mado Moulfol. Jasmine, tu comprends, elle te donne envie, la Mado, elle, t'emporte.

Mais il serait indécent de m'étendre sur cette dernière au moment où je convoite une autre personne de son sexe.

— J'aperçois sur cette délicate table, entre autres merveilles, une bouteille de pur malt dont je boirais volontiers quelques gorgées, réponds-je.

— On the rocks? elle demande, ce qui fait toujours très con, à mon avis, dans une conversation française, merde, qu'à quoi bon s'échiner à créer des néologismes si c'est pour se foutre à jacter anglais!

— Juste avec un glaçon, si vous voulez bien, rectifié-je.

Elle me virgule un gentil sourire, style : reçu cinq sur cinq, pardon : five on five!

— Ainsi vous étiez un ami de Léo?

— Et un bon, fais-je, pour couper aux détails fâcheux.

— Vous faites dans la presse, vous aussi?

— Non : l'administration. J'étais rattaché aux Affaires Etrangères... Ce scotch est fabuleux. Ainsi mon vieux Léo n'est plus?

— Comment l'avez-vous appris?

— Des confrères à lui auxquels je demandais de ses nouvelles. Un accident, n'est-ce pas?

— Hélas.

— De moto?

— Oui.

Elle a pris place en face de moi, a croisé ses jambes, mais en rajustant bien sa robe, l'idiote, pour la faire tomber le plus bas possible.

— Ça vous ennuie peut-être d'évoquer ces vilains moments, madame de Hurlevon?

— Au contraire. Quand vous l'avez connu, il avait encore sa barbe?

— Bien sûr.

Elle sourit nostalgiquement.

— A l'époque, on l'avait surnommé Noé, je ne sais pas pourquoi... Sûrement à cause de sa barbe.

— Comment est-ce arrivé? Je veux dire, l'accident?

— Dans une ligne droite, un chien errant traversait la route au moment où il arrivait à plus de cent cinquante sur sa moto. Il a été tué sur le coup.

— Il y a eu des témoins?

— Non, un représentant de commerce l'a découvert, disloqué au milieu de la chaussée.

— Comment en ce cas sait-on que c'est un chien qui a provoqué l'accident?

— Le cadavre de l'animal gisait près du sien.

Un temps, le disque vient de changer; maintenant ça musique à base de guitares, un truc sudamerloque : les Andes, tu vois?

— C'est moche, soupiré-je.

Je regarde autour de moi.

— Pardonnez-moi cette question, mais vous avez l'air de vous en sortir, non?

— Mon père est dans les sucres.

— Eh bien, c'est une bonne idée, encore que, de nos jours, tout le monde se convertisse aux édulcorants pour échapper aux bourrelets.

— Je n'ai pas revu Léo depuis notre voyage en Chine Populaire.

Là, je place un petit rire attendri du meilleur effet, le genre de ricanement qui se doit d'être suivi d'un pleur pudiquement écrasé à la dérobée de manière à ce qu'il n'échappe à personne. Ce dont je.

— Je me souviens qu'il avait acheté une énorme potiche ancienne, reprends-je, je l'ai même aidé à la transporter jusqu'à l'aéroport.

Elle hoche la tête.

— Il l'a brisée, me dit-elle.

— Non! Après tout le mal qu'il s'était donné pour la ramener...

Jasmine fait la moue.

— J'ignore pour quelle raison il avait fait une pareille emplette; comme vous pouvez le constater, la chinoiserie ne fait pas partie de nos goûts en matière de décoration.

— Cette potiche était très ancienne.

— Cela ne fait pas tout.

— Elle n'était pas raccommodable?

— C'était devenu une sorte de puzzle. Vous reprenez un scotch?

— Non, merci.

Et puis la converse tombe en panne. Maintenant, la belle Jasmine semble attendre. Mais attendre quoi?

Je suis vanné, fourbu, rectifié. Mes paupières me brûlent. Pourtant, il n'est pas tellement tard. Faut que je pousse mon enquête, je ne suis pas seulement venu chez cette digne veuve pour la contempler en me disant que je lui ferais volontiers soupeser mes petites filles modèles.

— A propos de cette potiche...

— Oui?

Je liche l'eau de mon glaçon pour éviter d'avoir à regarder mon interlocutrice.

— Les gars qui m'ont appris le décès de Léo m'ont raconté je ne sais quelle histoire de corneçul à propos du vase chinois...

— Vraiment?

— Il paraîtrait que Léo y aurait déniché un parchemin, ou je ne sais quoi...

Elle ne répond rien. Simplement, elle se baisse, passe la main sous les franges de son fauteuil et en ramène une sonnette qu'elle agite.

Je n'ai pas tellement le temps d'être surpris. Quand une maîtresse de maison agite ce genre de clochette, tu te dis qu'elle alerte un domestique, non? Mon regard se dirige en conséquence vers la porte.

Mais ce n'est pas une soubrette qui se pointe. Imagine un balaise, beau comme un camion, très chauve, façon Kojak, en bras de chemise, cravaté, l'air à la fois simple et très méchant. Quand il déambule, ça produit un rude froissement pareil à celui que fait l'éléphant en baguenaude dans la savane.

Son pantalon sombre est tellement tendu que j'ai hâte de le regarder s'asseoir. Un ventre proéminent déborde par-dessus. De nombreuses cicatrices zèbrent son visage, de-ci, de-là, le faisant ressembler à un blouson de motocycliste constellé de fermetures-Eclair. Il a son pouce gauche enfilé dans son grimpant et il tient dans sa main droite un très joli pistolet noir moiré de bleu qui n'est pas sans évoquer le mufle d'un bull-dog.

— C'est votre valet de chambre? demandé-je à Jasmine.

Elle reste sans réponse, promenant ses ongles laqués sur ses lèvres d'un air dubitatif. Le gorille s'avance jusqu'à quelques encablures de mon fauteuil et jette l'ancre.

— Debout! m'ordonne-t-il.

— Ne serions-nous pas mieux assis pour causer? je lui oppose.

— Debout! répète cet homme peu aimable en décrivant une contre-plongée avec son feu.

Alors, bon, je me lève, comprenant que c'est le genre d'énergumène qui tolère mal qu'on lui résiste. Pas exactement un homme fort, plutôt un homme de force.

— Va te mettre face au mur!

J'obtempère encore.

— Recule un peu!

Je recule un peu.

— A présent, mets tes deux mains contre le mur!

Docile, j'exécute la manœuvre, laquelle me place en position inclinée. Le coup classique. Dans cette attitude, je ne puis tenter grand-chose pour mon honneur, ma patrie ni mon roi.

— Je vais te fouiller, annonce le pistolero; si tu joues au con, je te largue tout dans la paillasse, tu piges?

— Madame de Hurlevon, soupiré-je, signalez bien à votre valet de chambre que le sang ne part pas sur une moquette.

Il ponctue ma réflexion d'un méchant coup de genou dans les noix, chose que j'abomine.

— Madame de Hurlevon, reprends-je, votre larbin doit être idéal pour déplacer le piano, mais question de style, vous devriez lui faire prendre des cours du soir.

Un second coup de genou semonçard ébranle mes fondations. Après quoi, le gorille se met à palper mes fringues.

— Ah! il a un feu! annonce-t-il triomphalement en me délestant d'icelui.

Il poursuit son manège, cramponne mon porte-cartes. L'explore d'une seule main, ce qui n'est pas commode.

— Ah, ça alors! s'exclame le cher garçon.

— Quoi donc? demande Jasmine.

— C'est un flic! Et quel! Merde, le commissaire San-Antonio! (1)

— Vraiment! exclame mon hôtesse.

— Regardez!

Elle s'approche, constate. Par acquisition de cons-cience, comme dit Béru, ils consultent mes autres papelards, trouvent la confirmation de ma presti-gieuse identité (2) et, dès lors, se confondent en excuses.

Le gorille a renfouillé sa seringue. Il me tend mon ami Tu-tues et mon larfouillet, penaud.

— Je vous demande pardon, monsieur le commis-saire, vraiment, on ne pouvait pas s'attendre...

— C'est de votre faute, aussi, s'empresse de chichiller la veuve, car les gonzesses, tu les sais? La manière qu'elles savent retomber sur leurs jolies papattes, en toutes circonstances. Prises en levrette, parfois, mais jamais jamais au dépourvu. Fais-leur confiance. Pourquoi vous être annoncé sous un faux nom, commissaire?

— La casaque de policier est parfois dure à porter, plaidé-je. Qui est ce monsieur?

Le Gorille rit :

— Un semi-confrère, commissaire. Je travaille comme garde du corps privé. J'étais un pote de Léo.

_____

(1) C'est pas vrai, il n'a pas dit « Et quel! », c'est moi qu'ajoute pour encaustiquer mon standinge. Si tu ne cires pas toi-même tes pompes, elles ne brillent pas.

(2) Idem.

Ce soir, Jasmine m'a téléphoné pour me dire qu'un type pas catholique cherchait à s'introduire chez elle, alors j'ai rappliqué.

Jasmine s'explique.

— Il est évident que j'ai tout de suite su que vous bluffiez, commissaire. Jamais mon Léo n'a eu d'ami affublé du sobriquet que je vous ai indiqué. En outre, il n'a jamais porté de barbe. Quand vous vous êtes mis à me parler de la potiche, je n'ai plus hésité à appeler l'oncle Tontaine.

— C'est moi, se présente le chourineur, mon prénom est Gaston, et on m'a surnommé Tontaine. Oncle Tontaine parce que j'ai une flopée de neveux à la maison. Ma sœur est fille-mère-célibataire et on habite tous ensemble chez Maman.

Ainsi Tontaine est tonton! Homme sympathique lorsqu'il est relaxe. Le brave gars qui invente tous les matins l'eau chaude en allant aux chiches. Tonton-gâteau, bientôt gâteux. Individu d'élite, prêt à payer cash de sa personne. A mesure que je le considère, je refrène mon envie de lui aligner un doublé dans le râtelier pour me venger de ses coups de genou dans le baignouscoff. La vengeance est un plat indigeste, en fait, et qu'il convient de bannir de son existence, sans aller jusqu'à tendre l'autre joue toutefois. Non plus que l'autre fesse, en ce qui me concerne. Bien. Qu'est-ce qu'on disait? Les présentations, moui; la justification de cette intervention brutale, moui. Eh bien, c'est à moi de causer.

— Vous redoutiez quelque danger, chère amie?

Elle semble un peu ennuyée par ma question (en anglais : my question).

— Plus ou moins. Il m'est arrivé d'être menacée par téléphone, notez que ça ne s'est pas produit depuis longtemps.

— Ces menaces avaient trait à quoi?

Elle me désigne le fauteuil que j'occupais avant l'entrée du gladiateur.

— Asseyez-vous, vous allez reprendre un scotch, nous bavarderons. Et vous, oncle Tontaine, un verre de limonade, comme d'habitude?

— Ce sera pour une autre fois, ma petite Jasmine, s'excuse le chourineur, faut que je rentre donner le biberon de « notre » tout dernier, ça va être l'heure.

Et il me serre la main, qu'enchanté il est de m'avoir connu, et faites escuse pour la manière que je vous ai traité mais allez donc savoir que l'intempestif personnage était le célèbre Santantonio! Tout ça, avec des frémissements de voix et de regard, des empêtrements de doigts, et les cicatrices qui rougissent.

Ouf : enfin seul.

— Il est pittoresque, dis-je à Jasmine quand elle revient de la porte palière. Pour une femme seule, c'est parfait d'avoir un dauberman de ce gabarit.

Elle hoche la tête.

— Il est très dévoué.

Puis, revenant au gras du problème :

— Comment se fait-il qu'un policier décide d'aller rendre visite à quelqu'un au milieu de la nuit?

— J'admets que la méthode n'est pas très orthodoxe, conviens-je. Mais l'affaire rebondit et j'ai pour habitude de conduire une enquête tambour battant. Vous pouvez lire mes polars, ça ne piétine jamais au-delà de deux ou trois jours. Je travaille en trombe. On gagne en efficacité.

— Quelle affaire rebondit? demande Jasmine en croisant les jambes, mais cette fois sans rabattre sa robe jusqu'à terre, ce dont je lui sais gré.

— L'affaire de Bruyère.

Elle sursaille :

— Quoi! Voulez-vous dire que Gaspard serait innocent?

A mon tour de tressauter :

— Gaspard! Voulez-vous dire que vous connais-sez d'Alacont?

— Ignorez-vous que je suis sa cousine germaine?

Je prends trois secondes de réflexion, j'en mets deux de côté pour plus tard, et puis je viens m'asseoir sur l'accoudoir de Jasmine.

— Vous savez qu'on entre de plain-pied dans le passionnant, très chère?

— Pourquoi?

— Je vais vous dire : parce que! Mille fois parce que! Je trouve enfin le lien! Le nœud georgien, comme se complaît à dire l'un de mes éminents collaborateurs qui est à la langue française ce que le président Carter est à la connerie franche et massive.

— Qu'y a-t-il de si extraordinaire dans le fait que je sois apparentée à d'Alacont?

— Le fait que vous soyez apparentée à part entière à d'Alacont, précisément, réponds-je sans : tergi-verser, barguigner, hésitation, louvoyer, finasser, prendre de gants, broncher, sourciller. Oh, madame d'Alacont, m'est-il permis de vous appeler Jasmine, à l'occasion de cette grande nouvelle?

— Mais... pourquoi pas? répond-elle, surprise et — qui sait? — charmée.

Je pose ma main du milieu (car je me tiens de profil) sur son épaule :

— Merci, Jasmine. Je sens que nous brûlons. Et brûler auprès de vous, c'est se carboniser. Montrez vos yeux! Dieu! qu'ils sont profonds! Et vos dents? Dieu, qu'elles sont étincelantes! Quant à vos lèvres... Vous permettez? Irrésistibles! Savoureuses! Et si douces... Encore! Si j'étais riche je ne ferais que ça! Enfin, presque que ça! Jasmine, mon cœur, parlez-moi : vous entreteniez de bonnes relations avec Gaspard, n'est-ce pas?

— Certes, nous l'aimions bien. Malgré qu'il menât

une vie quelque peu dissolue et fût en marge de la famille, nous continuions de le fréquenter.

— Bravo. Alors, dites-moi, exquise Jasmine, fais-je à la Veuve Soyeuse; ne serait-ce pas Gaspard qui aurait conseillé à votre Léo de faire traduire son manuscrit par le comte de Bruyère-Empot?

— Naturellement!

— Chérie! ne puis-je m'empêcher. Oh! semeuse de joie, dispensatrice d'allégresse, récompense réservée au dernier chevalier de la police française. Quelle géniale intuition m'a donc guidé jusqu'ici?

Tout en récitant, je ponctue de baisers fous distribués ici, et là, et aussi ailleurs, mais ne le répète pas, car une veuve tient à sa respectabilité plus encore qu'une femme adultère.

Elle objecte.

— Commissaire! Non, commissaire! Je n'ai jamais plus eu le moindre rapport avec un homme depuis la mort de Léo.

Et comme j'ai un tendre sourire, elle méprend et exclame :

— Vous ne me croyez pas? Je vous le jure sur sa mémoire.

Qu'alors là, pardon, excuse, parlons d'autre chose. Une jurade pareille vaut celle de Saint-Emilion. Plusieurs années qu'elle a plus brossé, Jasmine. Quel dommage! Ces coups perdus! J'en éprouve un frisson de regrets éternels au ventre. Comme si c'était un hommage au défunt que de lui être fidèle par-delà la tombe. Que merde, moi je serais marida et j'aurais l'idée saugrenue de rendre ma femme veuve, je l'implorerais depuis les paradis de se faire enfiler à la santé de ma vie éternelle. Les toiles d'araignée, c'est pas un hommage. Remarque, je dis ça parce que je suis célibataire endurci jusqu'au fond du calbute. P't'être que si j'avais une gerce je verrais autrement. Mais je crois pas. Le temps de vivre nous est si

chichement mesuré qu'il ne faut pas le foutre sur les
voies de garage du chagrin.

Et donc elle effarouche de mes baisers, Jasminette.
Ils la prennent de court. La nuit exquise qui nous
grise, elle pouvait pas la prévoir. Je lui tombe dessus
à l'improvisation, comme dit mon cher Béru, l'haltérophile de fer.

— Ma Jasmine, dis-je, une rubrique est à dévelop-
per dans cette affaire, c'est celle du document
chinois. Est-il exact que Léo l'ait trouvé parce qu'il
avait brisé la potiche?

— C'est exact.

— Et ce parchemin l'intriguait?

— Beaucoup; il faut dire que mon mari possédait,
professionnellement, un esprit curieux. Il a montré sa
trouvaille à des Chinois qui furent infoutus de la lui
traduire. Un soir qu'il racontait son aventure à
Gaspard, ce dernier lui a conseillé d'aller chez son
oncle, en Sologne.

— Et alors?

— Léo a pris rendez-vous et s'y est rendu en effet.
Le vieux gentilhomme s'est montré très intéressé et a
promis son concours. Un peu de temps a passé. Un
jour, M. de Bruyère a téléphoné pour prévenir mon
époux que des gens avaient pris contact avec lui, qui
lui offraient le pactole en échange du document.

— Intéressant.

— Léo, pour le coup, a été franchement passionné
par l'aventure et a pressé le comte d'achever sa
traduction. M. de Bruyère-Empot a promis...

C'est elle qui, à présent, entreprend de me caresser.
Et moi, rendu mufle par la curiosité, j'écarte sa main
de mon chapiteau Jean Richard Bouglione.

— Et ensuite, ma somptueuse amie? Et ensuite,
dites-moi vite tout et je vous ferai lentement tout,
promis, juré. Débarrassons-nous du terre-à-terre
avant de passer au ciel-à-ciel.

— Mon Léo était une nature impétueuse. A compter de ce jour, il s'est mis à harceler le comte. Mais, curieusement, le comte se faisait réticent, évasif, alléguait la difficulté du travail, demandait des délais. Cela irritait Léo, l'agaçait prodigieusement. Il a fini par se fâcher et par annoncer à M. de Bruyère-Empot qu'il irait récupérer le document, que la traduction en soit ou non achevée. Le bonhomme lui a demandé un dernier délai parce que, prétendait-il, il avait soumis le parchemin à un confrère pour obtenir sa collaboration. Rage de Léo! Une vraie tempête...

Sa main est revenue se jucher sur mon perchoir à chattes. Et la bébête fait comme cet abbé con qui gravissait la Tour Eiffel.

Je vais plus pouvoir résister longtemps. Faut que je place mon ultime question.

— Et ce dimanche 4 avril 76, il se rendait à Empot, n'est-ce pas?

Avant qu'elle ait le temps de rétorquer, il se passe une nouvelle chose étonnante, voire détonante chez cette veuve inconsolable. Une seconde apparition. Plus menue que la précédente, mais plus bruyante aussi. Une gonzesse très brune, aux cheveux coupés très court, vêtue uniquement d'une grande serviette de bain.

— Mais nom de Dieu, Jaja, qu'est-ce que tu fous, ce soir, au lieu de venir te coucher?

Elle se tait en constatant ma présence. Se surdimensionne en découvrant notre posture.

— Quoi! fulmine-t-elle. Avec un homme! C'est pas vrai! Je rêve! Alors Madame la Salope est retombée dans ses aberrations! Madame la Foutue Garce veut de nouveau tâter du mec! Madame la Peau d'Hareng était en manque de toutou! On aura tout vu! File au lit, Vache-à-taureau! Tout de suite, sinon je flanque mes complets et mon gode dans ma valise et je me tire pour toujours!

Je pige maintenant pourquoi la belle Jasmine n'a plus contacté un julot depuis son veuvage. Elle avait des compensations! Et quelles! Il est chouettos, son brancard.

— Ne la grondez pas trop, plaidé-je. Je ne suis qu'un policier sur le sentier de la guerre.

Elle écume, Poupette :

— Un policier, avec un braque pareil!

— La matraque fait partie de notre panoplie professionnelle. Rassurez-vous, je vous lèche, pardon : je vous laisse. Jasmine, ma gosse, vous n'avez pas répondu à ma question : le dimanche 4 avril, Léo se rendait bien chez le comte de Bruyère-Empot, n'est-ce pas?

— Non, me dit-elle à travers ses belles larmes mordorées, *il en revenait!*

ÉQUIPE DE NUIT

Une torpeur gluante plane sur l'Agence.

Je trouve Riri endormi sur le canapé de l'entrée. Le labo est vide. Je passe dans mon burlingue. Deux photos montées s'étalent sur mon sous-main, fraîches comme du poisson sur le pont d'un chalutier.

Je les considère et je crois rêver. Mathias m'a laissé un mot entre les deux images.

« *Monsieur le commissaire,*

Ma surprise fut aussi grande que la vôtre, mais elle se produisit plus lentement. Je crois me souvenir qu'on a programmé un Fantômas, la semaine dernière, sur TF1. Bonne nuit.

Mathias

P.S. : Ne m'appelez pas chez moi, je vous prie, car je compter aller prendre un pot au Glandulair's Bar avant de rentrer. »

Dis donc, j'ai l'impression que ça le mène rudement, la bandouille, mon éminent collaborateur. La môme Sonia te me l'a court-circuité de première. Il en pince pire qu'un homard, ce glandu. Le zob, c'est le talon d'Achille des gus qui n'ont pas su jeter leur

gourme en temps opportun. Garçon timide et tôt
marié à une pétroleuse pondeuse de chiares, le v'là à
la disposition de l'amour adultérin, mon brave
rouquin. Gare aux taches !

Je prends place devant les deux images. Ces
puzzles photographiques ont quelque chose d'incom-
modant car ils sont constitués de morceaux de
visages. L'ensemble produit immanquablement un
personnage à la Frankenstein, artificiel et donc
inhumain.

L'une des images pourrait être une espèce de photo
« bricolée » de Louis de Funès, et l'autre de Jean
Marais. Voilà pourquoi Mathias me signale qu'on a
rediffusé un Fantômas à la téloche récemment. Il est
clair (de notaire) que le bon Riri ne s'est pas cassé la
nénette et qu'il s'est complu à décrire les deux
fameux acteurs dont il connaît mal la gloire. Pour lui
qui a dû visionner le film, ce sont deux hommes
rencontrés un soir sur le petit écran de l'*Auberge
Saint-Hubert*. Il ne faut être grand clerc (de lune)
pour comprendre qu'il a mené Mathias en bateau.

Pour quelle raison ?

Parce qu'il n'a pas voulu que soient reconstitués
les portraits des deux types qui lui ont acheté le
document.

Et pourquoi n'a-t-il pas voulu cela, selon toi,
qu'on a surnommé l'amer des sagaces ? Hmmm ?

T'as pas d'idée précise ?

Alors allons le lui demander.

**

J'aime pas les bruits de dormeurs. La ronflette, à
tout prendre, quand elle est bruyante, passe mieux la
rampe ; ce qui est énervant, ce sont les petits soupirs
avortés, le étouffades légères, les menus chocs de
clapet mal fermé.

Lui, Tournelle, il respire régulier, mais toutes les trois inspirations, il y a une espèce de « tac » au fond de sa gorge, qu'au bout d'un moment t'as envie presque de hurler et de lui filer un seau d'eau froide à travers la gueule.

— Riri!

Il soulève ses stores, rumine un peu à vide et remarque :

— Vous êtes de retour?

Je lui mets les deux photos devant le pif.

— Ressemblant?

— Oui, très. C'est amusant de le voir travailler.

— Lequel de ces deux hommes t'a remis le fric?

Il me montre Jean Marais.

— L'autre a une bouille marrante, tu ne trouves pas? dis-je.

Il se met à rire.

— Oui, c'est vrai.

— Un grincheux rigolo, c'est ce qui fait son comique.

— En effet.

— Et quand il trépigne, tu sais? Qu'il agite ses deux poings en faisant des « Oh! Oh! Ooooh! », moi je me tords.

Riri cesse de sourire à ses souvenirs de « Fantômas ». Il flaire le danger. Il ne sait trop lequel. Il sent que depuis quinze secondes ça tourne moins rond entre nous. Qu'un vilain ver vient de se faufiler dans le fruit de ma sympathie.

— Tu tombes de sommeil, remarqué-je, allez, viens je vais te reconduire.

— Où cela?

— Ben : à l'auberge. Qu'est-ce qu'ils deviendraient sans toi, les Moulfol? Demain y a fête à bras, comme disaient ma grand-mère. Tu comprends ce que ça veut dire, fête à bras?

— Non.

— Boulot.

On repart. J'ai un aspirateur en action dans ma tronche. Au lieu d'aspirer les déchets et la poussière, il pompe les éléments de cette affaire. Un vrai goinfre. Son zonzonnement me flanque la migraine, malgré tout, les idées déferlent dans ma cervelle de plastique : Jasmine et Gaspard, cousin cousine. Léo de Hurlevon qui s'est fraisé en revenant d'Orléans et non pas en y allant. En revenant ! En revenant ! Point important. Crucial, je vais même jusqu'à prétendre.

Pour commencer, je file en direction de l'autoroute, mais une turlupinerie m'incite à me détourner un peu. Il y a deux façons de consommer les bonbons : soit qu'on les suce, soit qu'on les croque. Je suis de ceux qui les croquent. J'ai jamais le temps de patienter.

— On ne peut rien, sans une autorisation du directeur.

— Eh bien, qu'on prévienne le directeur !

— Mais, monsieur le commissaire, il est deux heures et demie du matin !

— Non, rectifié-je après avoir jeté un œil sur ma tocante, il est trois heures moins vingt.

— Il est impossible de réveiller le directeur à cette heure-là !

— Je vous jure qu'on peut. Vous lui pincez le nez entre le pouce et l'index et il ne tardera pas à ouvrir ses jolis yeux.

— Mais...

Il est des moments exceptionnels heureusement où tu peux devenir un meurtrier pour un bouton de chemise décousu ou pour un cheveu dans la béarnaise.

J'en traverse un.

Mes deux mains sur les épaules du préposé. Mes deux yeux rayonnants d'intelligence dans les deux siens ruisselants de connerie. Ma voix barytonnante dans ses trompes fanées.

— Je ne poursuivrai pas ce beau dialogue trente secondes de mieux, mon pote. Préviens le dirluche ou je t'enfonce!

Il déglutit mal, vu que sa salive est devenue gomme arabique en fusion.

— Je...

— C'est ça : tu...!

**

Le cancéreux geint faiblement. La lumière arrosante de la salle ne le fait même pas ciller. Par contre, d'Alacont s'est dressé sur son séant, le regard fou, comme si au lieu d'être à l'hosto, il occupait la cellule des condamnés à mort.

Je le rassure de la main.

— Pas de panique, fils. Je viens pour un petit complément d'informations.

— Vous avez commencé votre enquête? balbutie-t-il.

— Je suis plutôt en train de l'achever.

— Du nouveau?

— Disons de l'ancien qui fait surface.

Je lui trouve mauvaise mine. Il a la peau translucide comme des ailes de libellule, les lèvres très pâles. Si je l'arrache d'ici, il pourra aller se refaire du lard à la camberousse.

— Qu'avez-vous découvert?

Je déniche une chaise de métal dont la peinture autrefois blanche a jauni et s'est écaillée. M'installe auprès de son pageot et j'allonge mes pieds sur sa couverture.

— Ecoute, fils, lui dis-je, demain, j'ai rendez-vous à dix plombes chez mon divin patron et il va falloir que tout soit terminé auparavant; alors, si tu le veux bien, c'est moi qui vais poser les questions pour gagner du temps.

Il opine. Ce que je roupillerais volontiers. Les plumards libres qui nous environnent me tentent comme des couches de volupté. Quel métier! Et dire que je l'aime. Qu'il me serait impossible d'en exercer un autre. Si j'achetais un commerce quelconque, je coulerais la taule en moins de rien. Si je devenais fermier, j'oublierais de traire les vaches. A la rigueur je pourrais devenir homme de joie. Je serais peut-être cap' de loncher des dames rancissantes moyennant finances, mais me connaissant comme je m'ignore, je sais que je consacrerais ce blé à leur acheter des fleurs et à les emmener clapper à la *Barrière Poquelin*.

— Tu n'as jamais parlé du parchemin chinois au cours de l'instruction.

Il pince du regard, cherchant dans ses souvenirs tuméfiés par la détention.

— Le parchemin chinois?

— Celui de Léo de Hurlevon.

— Oh, oui. Pourquoi en aurais-je parlé?

— Il a peut-être son importance dans tout ça.

— Vous pensez?

— Va-t'en savoir... Ainsi Jasmine, la femme de Léo, est une cousine à toi?

— Oui. Pourquoi?

Je grogne :

— Pas de questions, te dis-je! Me cours pas sur la bite, mon gars, je suis à cran. J'ai sommeil. J'aimerais me châtaigner avec un vilain, histoire de m'apaiser la nervouze.

« Tu le fréquentais beaucoup, le Léo?

— On prenait un pot ensemble, de temps en temps. Mais surtout je lui prêtais mon studio. Léo avait une liaison avec une petite bourgeoise que l'hôtel épouvantait et il venait la tringler chez moi. Ce n'est pas que son ménage marchait mal, mais au plan physique, ils avaient une grande liberté, Jasmine et lui.

— Parce qu'elle aime le gigot à l'ail, n'est-ce pas?

— Elle a toujours été assez ambivalente.

— Donc, Léo se rendait fréquemment dans ta garçonnière?

— Plusieurs fois par semaine, oui.

— Raconte un peu, maintenant, l'histoire de son manuscrit à la con. Et, je t'en conjure, n'oublie rien : on joue le dernier mouvement et les fausses notes ne pardonnent plus, parvenu à ce stade.

Il rêvasse, ou fait comme si. Je le branche sur un chapitre qui restait à ses yeux marginal.

Un léger sourire met de la détresse sur sa face blême.

— Il était très surexcité, reconnaît Gaspard. Je ne sais pourquoi il croyait avoir mis la main sur un trésor sans prix.

— Peut-être s'agissait il bel et bien d'un trésor sans prix.

— Sans blague?

— Selon les tuyaux que j'ai pu rassembler à ce sujet, il était question d'une découverte d'arme absolue.

D'Alacont fait la moue.

— Un parchemin vieux de plusieurs siècles, voire de deux millénaires, ne peut contenir le texte d'une invention moderne, voyons, c'est une blague!

Bien ce que je me susurre depuis des heures dans le silence distingué de mon sub'. Une blague! Une vaste canulardise! Et d'ailleurs, la vieille Marie, dans sa

maison de repos presque éternel, ne m'a-t-elle pas dit
que Clotaire de Bruyère rigolait dans sa bibliothèque,
certain après-midi, alors qu'elle lui apportait l'un de
ses trois thés quotidiens? Et qu'il se claquait les
cuisses, le cher homme en clamant : « la plus grande
découverte depuis le feu et la roue! ».

Alors?

— Oui, c'est troublant, admets-je, mais nous
aurons probablement l'explication très prochaine-
ment car elle est incluse dans le prix du bouquin, et
au Fleuve ils ne plaisantent jamais sur la nature de la
marchandise. Un polar qui n'a pas de fin, ils te
l'échangent contre le Larousse en onze volumes.
C'est toi qui lui as conseillé de montrer le manuscrit
à ton vieux tonton?

— Oui. Je me suis rappelé que mon parent
consacrait sa vie aux dialectes extrême-orientaux. J'ai
donné ses coordonnées à Léo qui est allé lui porter sa
trouvaille.

— Ensuite?

— Léo était bouillonnant d'impatience.

Tiens, voilà qui recoupe les dires de Jasmine.
J'aime bien, tous les poulets aiment bien, que des
déclarations se recoupent.

— Pourquoi?

— Parce que mon oncle le faisait lanterner.
D'autant que des gens mystérieux lui auraient fait
des ouvertures afin qu'il leur cède le manuscrit.

— Tu ne trouves pas ça un peu tiré par les crins,
Gaspard?

— Si, très. Pourtant le comte n'était pas un
plaisantin. S'il a prétendu la chose c'est qu'elle était
exacte.

Le moribond exhale un long cri éperdu, fait de
douleur et de lassitude. Il commence à trouver sa vie
longuette, cézigue, depuis le temps qu'il en bave sur
son grabat. Il ferait bon mourir un peu, en finir avec

toutes ces tracasseries terrestres sans queue ni tête. On se pointe et ça fait mal. Ensuite il faut repartir et cela fait encore plus mal. Si tu réfléchis, c'est pas si con que ça, son truc, à la dame Weil.

— Bon, il faut donc admettre qu'on a vraiment proposé à ton oncle de lui acheter l'invention?

— Aucun doute sur ce point.

— Revenons à cousin Léo, tu me dis qu'il grouillait d'impatience comme une charogne grouille d'asticots...

— Oui.

— Il t'a dit qu'il irait récupérer son parchemin?

— Il m'a appelé, le 3 avril, dans un bar des Champs-Elysées où il me contactait quand il désirait user de mon studio, il hurlait de rage. Il jurait que mon oncle était un truand; un arnaqueur... Qu'il refusait de lui redonner son parchemin... Je lui ai promis de m'occuper de la chose personnellement.

— Et c'est pourquoi tu t'es rendu à Bruyère-Empot le lendemain?

— Ce m'était une raison supplémentaire d'y aller.

— La principale étant ton besoin de fric?

— Bien sûr.

— Tu t'es dit que cette affaire n'était pas catholique et que donc, il y aurait peut-être de la fraîche à affurer?

— Plus ou moins, oui. Je pensais que quelque chose ne devait pas tourner rond du côté du comte et qu'il me serait alors plus aisé de l'amener à des sentiments généreux...

Malgré qu'il ait côtoyé le mitan, il s'exprime dans un français châtié, le Gaspard.

— Lors de ta petite virée solognote, tu n'aurais pas aperçu Léo, des fois?

— Non, pourquoi?

Tiens, voilà que je prends mal au cœur. Ces remugles d'éther, probable.

Je me lève, sentant que si je m'attarde encore je
vais aller au refile.

— Vous partez déjà, commissaire?

— J'ai école. Mais ne te tracasse pas, fiston : ça
plane pour toi.

*
* *

Je m'installe au volant sans que Riri ne s'éveille. Il
est écroulaga au fond de ma chignole, derrière, en
chien de fusil. Et il a retrouvé son petit bruit de
clapet qui plaque mal.

Je le considère avec quelque envie. Qu'est-ce qui
m'oblige à cavaler de la sorte? Pourquoi cette affaire
me tient-elle tellement à cœur? On devrait guillotiner
Gaspard, encore, je serais motivé, comme ils disent
puis tous, ces cons insupportables que je me retire si
bien et si définitivement d'eux! Qu'enfin je crèverai
probable sous ma tente, comme disait le cher
Cocteau! Ou comme la Montherluche qui s'en est filé
un coup dans la poire, poum!, tant il cabrait devant
la vieillesse; ou encore comme l'Hemingway idem,
poum, poum! Descendez, on vous demande. C'est
l'heure de la grande roupille. Salut, dames et
messieurs, bonne continuation!

Je te repose ma question : Qu'est-ce qui me mène
avec tant tellement d'acharnerie? Que je suis là,
grelut et flageolard sur mes cannes. Mort de
sommeil, branlant de fatigue. Mais avec l'appétit
féroce de connaître la vraie vérité.

Je démarre. Tout juste si le sieur Henri, roi de
Farce et de Navarin, modifie un peu sa ronflette,
l'unissonne avec le bruit du moteur.

*
* *

L'aube au sourire pâle (comme l'a écrit si bien
Jean-Georges Revel dans son traité sur la façon de

maltraiter les traités, ouvrage dans lequel les poils de
cul sont écrits en braille pour que tu puisses les
toucher) se lève sur la Sologne quand je me pointe
dans la grande cour de l'*Auberge Saint-Hubert*. Une
tomobile fourgonnette ronronne dans la fraîchure (1)
pré-matinale.

C'est le taulier qui se barre aux halles de Rungis-
les-Bains. Il radine en poussant devant lui son
haleine qui sent le café frais. Il est saboulé en
chasseur, que tu le prendrais pour un de ses clilles.

Il méduse de nous voir radiner les deux.

— Mince, vous l'avez retrouvé?

— Facile, vous voyez bien que ce n'était pas la
peine de se faire une entorse à lui cavaler au fion!

— Il est en état d'arrestation? demande le *steak's
maker* qui a lu *Détective* tout au long de son
adolescence.

— Quelle idée? m'étonné-je. Y'a pas plus blanc-
bleu que lui.

— En ce cas pourquoi s'est-il sauvé?

— Parce que c'est un émotif. Il appartient à cette
catégorie de spectateurs qui sortent du cinoche au
moment où le vampire passe sa main verte par
l'entrebâillement de la porte.

— Vous n'avez pas besoin de moi?

— Du tout.

Il baisse le ton pour m'apostropher en catiminette.

— Vous croyez que je peux le garder?

— Comment si vous pouvez! Vous devez, cher
monsieur Moulfol. On ne congédie pas sans motif un
employé modèle.

Rassuré, il opine.

— O.K., surtout que c'est un brave garçon. Si

---

(1) Oui : j'ai bel et bien écrit fraîchure, faites pas les cons à
l'imprimerie de vouloir me rectifier l'orthographe. Cela dit, ça n'a
aucune importance.

vous voulez du café, dites à Riri de vous conduire à
la cuisine. Je vous dirais bien ma femme, mais Mado
roupille jusqu'à huit heures.

Mado! Mon guignol se met à chamader comme un
branque. Mado la mollasse, Mado la fondante,
Mado l'inerte, la passive, l'invertébrée. Mado qui
continue de bouleverser ma pauvre vie de mammifère
désorienté. Chérie, va! Elle est là, toute proche, toute
flasque dans son plumzingue, les nichons en cata-
plasmes, la gueule entrouverte, sûrement, avec son
merveilleux air con qui doit subsister sur son visage
au plus fort des sommeils.

J'en serre cinq au cornard.

Il grimpe dans sa fourgonnette et ses feux rouges
se diluent bientôt dans cette nuit qui tourne en
brume.

Riri est immobile auprès de moi, frileux, inquiet. Il
comprime ses pets du matin, en homme de belle
éducation. Sa chère maman peut être fière d'elle. Elle
en aura fait un gentleman.

— Vous voulez boire du café? il demande, soucieux de souscrire aux directives de son patron.

— Pas tout de suite.

Je regarde les bâtiments endormis, un peu de jour
flottaille sur les tuiles, un projet de jour. Ça
ressemble à cette fameuse toile de Magritte intitulée
l'*Empire des Lumières,* où l'on voit une maison
éclairée comme en pleine nuit et au-dessus c'est le
grand soleil.

— D'habitude, c'est l'instant où tu vas rejoindre
Mado, n'est-ce pas?

Il aime pas lulure causer de ça, ce vieux voyou. Un
timide, quoi. Comme on dit en Suisse : il se gêne.
Tournelle détourne la tête.

— C'est où, sa chambre?

Il me la désigne. Y'a un balcon, j'aurais dû me
gaffer. Roméo et Juliette. Un petit escadrin exté-

rieur, dit de meunier, y conduit et fait tout le charme de la bâtisse.

— Tu passes par là?

— Oui.

— Tu toques aux volets et elle t'ouvre?

— Oui.

— Veinard. T'es un tombeur, toi, dans ton genre, non?

— Oh, non... Seulement...

— Seulement t'aimes la baise et ces dames le sentent. Elles ont un flair terrible pour détecter les tromboneurs émérites. Propose-leur cent mecs beau à chialer, si c'est un cent unième qui lonche le mieux, c'est lui qu'elles choisiront, quand bien même il serait vioque, chauve et stropiat. Le zob a des effluves que la raison ignore mais que le cul reconnaît.

Ça lui passe un chouïa au-dessus de la touffe, mais il rigole complaisamment.

— Bon, allons chez toi, mon vieux lapin. Je veux que tu me montres le fric que t'ont remis les deux mecs de l'autre jour.

Il me guide jusqu'à sa crèche, une grande chambre au-dessus d'une ancienne écurie, propre, blanchie à la chaux de pisse, avec un lavabo contre un mur, surmonté d'un miroir ancien, flanqué d'un porte-serviette. Comme décoration, une réclame pour la *Suze* que ça représente un mec aux bras noueux occupé à déterrer de la gentiane dans les alpages (1).

L'ameublement se compose d'un lit, d'un placard mural, d'une commode, d'une table et de deux chaises dépaillées.

— Asseyez-vous, il urbanise, le Riton.

_____

(1) Je raffole cette réclame et je la place dans tous les décors possibles, si les mecs de Suze en ont une ancienne de rabe, ils peuvent me l'envoyer, je la ferai encadrer, pour mon burlingue; sinon j'en mettrais une à Dubonnet.

Au lieu de prendre une chaise percée, comme l'eût fait le premier Louis XIV venu, je choisis de m'étaler sur son pucier. Les ressorts fatigués musiquent sous mon poids comme une viole de gambe.

Si je ne m'écoute pas, je vais m'endormir.

— Alors, ce fric?

Riri soupire un peu, pas trop. Il s'arc-boute devant sa commode et la hale sur un mètre. Ensuite il s'agenouille sur la partie de carrelage ancien mis à jour et, de la pointe de son couteau, descelle un carreau branlant. Sous celui-ci, une excavation. Et dans ladite un paquet exécuté avec du papier-journal. Deux forts élastiques mis en croix maintiennent le paquet clos.

Il pompe l'air en force, Tournelle, et avec le nez exclusivement. Ça lui arrache les fibres de l'âme de voir son magot tripoté par un étranger.

Sacrilège, sacrilège! Mais le moyen de s'opposer à mes pattes fouisseuses de taupe en délire.

Je déballe l'artiche, bien proprement, qu'un élastique pourtant me pète dans la main, ce qui lui arrache une plainte comme Ménuhin quand il a une corde du milieu qui claque alors qu'il est en train d'interpréter « La Petite Tonkinoise » dans l'église de Saanen.

Je dégaufre le papier.

Les talbins sont laguches. Cinq tuiles, les pauvres s'imaginent, mais ça ne fait pas très épais; en biftons de cinq cents pions ça donne... Attends, je vais mesurer.

. . . . (1)

Oui, ça fait à peine un centimètre et demi. Alors tu vois qu'il n'y a pas de quoi buter sa vieille tante!

Je ne les compte pas. Les feuillette seulement.

_____

(1) La ligne de points, ça veut dire que je suis en train de mesurer.

Ensuite, je les laisse un moment étalés sur mes genoux, et me mets à rêvouiller.

Mado, si proche. Si tentante.

Tiens, j'ai un renseignement à lui demander.

— Dis-moi, Riri...

— Oui?

Il redoute. Oh, là là qu'il redoute. Tant que je ne lui aurai pas restitué son grisbi, il aura les flubes, le valet de trèfle (et de cœur à l'occasion). D'accord, je lui ai promis qu'il pourrait le conserver, seulement les promesses de flic, hein? Tu m'as compris tu m'as. C'est presque autant pire que celles des politiciens.

— Ces hommes, ils avaient le fric en vrac, ou bien était-il tout prêt?

— Il était tout prêt.

— Donc, ils t'ont remis ce paquet tel que tu me l'as remis à moi-même?

— Oui.

— Parole?

Il est spontané.

— Oui, oui, parole!

— Bravo. Tiens, replanque ton artiche, mon fils, qu'il ne prenne pas froid. Tu vas en faire quoi, si c'est pas indiscret? Oh, oui, tu me l'as déjà dit : ta vieille mère. Tu fais bien de la changer de crèmerie, parce que franchement, la taule où elle est ne vaut pas le *Ritz*. Eh bien, maintenant tout est O.K., je te laisse. Travaille bien, et marie-toi un de ces jours, ta daronne serait ravie de devenir grand-mère avant d'aller rejoindre monsieur le comte.

Henri Tournelle me bigle, clignant des yeux comme un hibou quand la salle se rallume.

— Alors, vous... C'est tout? me demande-t-il.

— Hé oui. Que veux-tu de plus?

— Oh, rien, rien!

Ça lui part du cœur. Surtout retrouver sa quiétude. Mettre le pinard en boutanche, jardiner, balayer la cour, brosser la Mado. Il demande rien de mieux, ce tendre ami. Et caresser parfois son mignon magot, façon Harpaguche. Sa vieille, elle y clabotera à l'asile, moi je te le dis. Il l'aime, bien sûr, mais pas au point de balancer ses cinq belles tuiles dans la nature pour lui améliorer l'ordinaire. On a besoin de si peu à l'âge de Marie. De si peu...

Un cercueil de sapin, pour finir, tu sais que c'est pas plus mal qu'un autre? Que ça fait sobre? Qu'on y est à l'aise mieux que dans du chêne? Moi, d'ailleurs, c'est mon avis. Je préfère le sapin, c'est un bois familier, chaud. Un bois de montagne, un bois contre le froid. J'ai la montagne dans le sang, mézigue. Elle est tellement réfugiante et consoleuse de bien des choses. Variée. La mer, je t'en fais cadeau. Trop conne. A moins d'avoir à se bigorner contre, façon Tabarly. La preuve : tu fais une traversée à bord du paquebot, au bout de deux heures tu ne la regardes plus avant la fin du voyage. La montagne, tu te lasses pas. T'as besoin de l'escalader, voir ce qu'il y a derrière.

Les Alpes, c'est chouette. J'aurais la fortune du Shah, je les achèterais. Iranien qui ira le dernier!

Et puis, bon, j'arrête là.

— Salut, Riri. Heureux de t'avoir connu.

Je lui prends congé d'une poignée de mains.

Dehors, le jour.

Des coqs égosillent dans les alentours. Un vent frisquet brasse les feuillages.

Je frissonne.

Marche vers l'escadrin menant à la chambre de Mado Moulfol.

Les marches de bois craquent sous mes pieds conquérants. Je gratte à la porte-fenêtre.

DÉMÊLER LE FAUX DE L'IVRESSE

Chère Mado!

Dans sa limouille de noye, elle accède au sublime. La pure merveille. Tu croirais une statue de beurre. Lothe changée en saindoux. Sa frite est piquetée de points noirs très vigoureux pour leur âge. Tu souhaiterais les lui enlever à la gouge. C'est un outil qui m'a toujours fasciné, la gouge. Dans mes jadis, quand j'étais chiare, j'allais regarder œuvrer mon tonton Gustave, lequel, à l'époque, faisait dans la gravure pour un imprimeur sur étoffes. Il découpait des motifs dans d'épaisses tranches de bois qui ressemblaient à des gâteaux. Il se servait d'un maillet et d'une flopée de gouges de tailles variées. C'était passionnant. Je ramassais les copeaux de bois rouge. On voyait naître des fleurs, surtout des fleurs, avec leurs feuilles, tiges corolles et pétaux. De toute beauté. Le bois, quel ami de l'homme!

Mado me considère sans rien marquer de ses sentiments pour l'idéale raison qu'elle n'en a pas.

— Navré de vous importuner, madame Moulfol, bredouillé-je, tout clappeux d'amour et de frivolance. J'ai besoin d'un petit renseignement.

Je la repousse doucettement.

Sa chambre ressemble à ce qu'elle doit être : conne à se pisser parmi, mobilier à la con, tapisserie hyperconne. Un rêve. L'écrin de rêve pour cette femme de rêve.

Le temps de considérer cet ensemble cacateux et vite je referme les volets, les rideaux, avide de pénombres voluptueuses.

La chambre est riche en effluves de tanière. Avec en suce, des élans olfactifs de ménagerie délaissée.

Une lampe de chevet à abat-jour jaune m'attire vers la couche, comme un phare bienveillant attire un navigateur vers l'entrée du port.

— Mado, ma chérie, mon idole, fais-je en l'étreignant en toute faroucheté, baisant ses lèvres molles, pétrissant son cul fluide, reniflant son parfum de femme croupie. Mado, ma folie, ma virgule, louche mobilisation de mes sens déréglés; je te veux une fois encore, mais vraiment, mais bellement, mais à l'aise. Et tout en prononçant, je me dévêts à la diable — oh, celui-là, il n'est pas de trop! —. Mes fringues éparsées recouvrent l'hideux tapis merdiquement chinois, lui apportant une heureuse diversion.

Me voici nu.

Elle me dévisage Popof, si j'ose employer. Lui découvrant belle allure. Dans la bagnole, hier, elle n'a pu que s'en faire une idée générale.

Moi, hardant, je lui pose sa nuiteuse chemise. Hop, hop-là.

— Vous vouliez me demander quoi t'est-ce? s'informe l'objet inanimé, mais sans âme, de mes désirs.

Ah, oui, c'est juste.

Je vais récupérer dans l'une de mes vagues les deux portraits-robots nés du mariage : Mathias-Riri.

Les lui montre.

— Ces deux hommes sont-ils venus déjeuner ou dîner à l'auberge ces temps derniers?

Elle hoche la tête.

— Jean Marais est venu, il y a trois ans, avec sa fiancée qui rentrait du service militaire, mais on n'a jamais eu De Funeste. C'est dommage; qu'on lui aurait fait signer le livre d'or. Jean Marais nous a donné un orthographe très gentil, comme quoi il avait adoré le tournedos et le nègre en chemise. Et sur la page d'à côté on a un orthographe de M. Le Canuet.

— Ça n'est pas grave, dis-je, vous pourrez toujours coller par-dessus la photo de Jean Marais qui lui est un grand comédien. Ainsi ces deux portraits ne vous rappellent personne d'autre que les deux merveilleux comédiens que nous venons d'évoquer?

— Ils devraient?

— Je ne sais pas. Je vous pose la question.

— Non, non, personne.

— Fort bien. Maintenant oublions un instant la vie et ses misères, ma très belle, ma surdivine, mon emblème, mon état d'âme, toi dont le regard me met en état d'érection. O que te voici belle en cette nudité équestre, chère chérie. O que l'existence parcimonieuse sait parfois se montrer prodigue. Je te jouis du regard, ma splendeur. Viens t'abimer au creux du néant le plus suave, ma fée Mélusine, ma fée Cellulite, ma conquête qui quête quiquette.

Et là-dessus, tel un ouragan sur la malheureuse Jamaïque si propice, je la renverse, l'empare, l'emporte, l'investit, la baise comme une vache. Gloire! Gloire! Elle réagit. Ce n'est pas une amante motorisée. Elle ne se révèle que dans un lit, et dans le sien de préférence, sur son terrain familier.

Oui, le miracle des miracles s'accomplit; Mado Moulfol prend son panard. Et, Seigneur, ce qu'elle est belle dans l'orgasme, mon étoile de margarine. Elle fait afflou, afflou, afflou comme les chaudières d'un steamer submergées par l'océan naufrageur. Elle tourne la tête brusquement à gauche, puis brusquement à droite, et vice versa, *bis repetita placent*. Elle va même, tiens-toi bien, et tiens-moi aussi par la même occasion, jusqu'à dodeliner le fion, tu m'entends? Oui, mon grand : elle s'est rendu compte, cette fille bourrée de zob et de jugeote, qu'un mouvement complémentaire de son chef donnerait au mien sa pleine signification. Alors elle, tu sais quoi? Remue. Je répète en deux mots : re-mue. C'est un résultat, non? Tu verrais le Sana, défatigué, soudain, impeccable de brio, la tringlerie chevaleresque, Fontenoy, Austerlitz (et non pas austère Litz, comme d'aucuns s'imaginent). La marche triomphale. Gloire immortelle de nos aïeux!

Je pourrais loncher jusqu'à la fin des temps. Je passe outre son fade. Continue imperturbablement ma limance. Ma vie ne sera jamais assez longue pour me porter à l'assouvissement complet. Elle s'apprête à remettre ça. Remet. Bravo! Et de deux. Tu penses que ça va freiner ma fantasia? Que nenni! On continue. La valse du sommier. Epéda multispires, qu'est-ce qu'on risque? Non seulement tu peux rêver à Tarzan sans faire chier ton vieux, mais tu peux brosser carrément avec Tarzan sans importuner le cocu endormi. Merci Epéda, le nobel du matelas, tu mérites! M. Epéda à l'Institut, j'exige, et tout de suite, merde! Quand tu ligotes la liste des krooms qui s'y trouvent, tu es en droit de demander l'élection d'urgence de M. Epéda, bienfaiteur de l'humanité. Tu parles d'une épée, Epéda, d'un espédassin! La bouillave, il doit s'y connaître, ce gus, pour avoir inventé un truc pareil! Multispires, fallait y penser, non? Que tous les autres, jusque z'alors cantonnaient dans l'unispire. Mais non, Epéda, lui, multi, allez, hop! Et que ça baise! Je l'aime. Je lui rends grâce en tronchant la Mado Moulfol. En avançant en enfilade, je pense très fort à M. Epéda. J'ignore son prénom, et c'est dommage, sinon je l'aurais tutoyé. Et je te calce, je te calce. Le troisième feet se produit. Cette fois, elle l'a marqué d'un beau long cri, Mado.

Elle a lancé un chant de triomphe, kif le mecton qui a planté son drapeau au sommet de l'Anapurna. Et l'Antonio continue. Impossible de l'arrêter. Je ne songe même pas à ma propre apothéose. J'en ai rien à branler. La lime. Tatsoin tatsoin, uniquement. Je foutrais le feu par frottement au frifri de Mado. Le mouvement perpétuel enfin découvert. Le prose à bascule. Jamais, c'est clair, je me mouille, mais j'ose le dire, jamais elle y est allée d'un pareil voyage, la reine du Saint-Hubert. Cette croisière, madoué!

Je pourrais manifester vocalement, lui dire des trucs salingues pour corser. Pas la peine. Je joue sobre. Tout dans les reins, le reste dans les coudes. Et ses fades se font de plus en plus rapides. Quatre! Cinq! Six!

Elle murmure qu'elle va en mourir. Tant pis, je paierai ce qu'il faudra. Je ne peux pas reculer, en tout cas pas plus que de vingt centimètres! Elle chevrote, ma chevrette. Une tringlée pareille, faut remonter aux Croisades, quand les potes rescapés de Godefroy de Royco rentraient déverrouiller bobonne afin de lui compenser les annuités de retard. Sept! Huit! Elle regimbe maintenant! Elle rejambe. Dit que c'est trop! Plus possible! Que ça y est, elle est mortibus, *de profundis!* Mais on me tirerait une salve de mitraillette dans le dossard que je poursuivrais en vers et contre toux; en verve et contre tous. Peux plus stopper. Mon frein a sauté. Je dévale dans son corps, Mado. Elle jouit encore une demi-douzaine de fois, du bout des lèvres, puis perd conscience. Il n'importe. Je continuerai seul.

Encore, encore. Cent mille fois sur le métier je remets mon ouvrage. Tant qu'au bout du compte, et après des heures de folie j'explose. C'est l'inouï à ma portée. J'entre dans une autre dimension. M'y engloutis.

*
* *

— Mado! Oh! Mado! Oh! ma Mado!

Je me dégomme du néant, du baigneur de Mado.

M'abats sur le flan et j'aperçois le taulier, toujours
en tenue de chasse, mais sentant la marée. Il est là, ce
con, qui regarde à ne plus pouvoir. Qui a eu du mal à
comprendre, mais qui a compris; ne peut encore
admettre ni tolérer. Et litanise ses Mado, oh! Mado,
su curieusement qu'avec un accompagnement de jazz
ça pourrait se chanter.

Fichtre dieu, quelle heure est-elle? Ciel : presque
dix heures!

Il hennit, soit, car mal il pense. Se jette sur un
tiroir, le tire comme on arrache un clou rouillé,
prend un pistolet.

— Vous n'allez pas faire ça au moment où les
Gault et Millau vont vous décerner les clés d'or de la
gastronomie! lancé-je.

D'emblée, il abaisse le canon ravageur de sa
pétoire.

— Les clés d'or. Qu'est-ce que vous en savez?

— Vous oubliez que la police est bien informée.
Avant de débarquer chez vous, j'ai pris mes renseignements.

— Alors ce serait vrai?

— Pensez-vous que je blufferais dans une situation
pareille?

Il hoche la tête, remise son feu.

— T'entends, Mado, ce qu'il dit? fait le cher
gargotier. Les clés d'or de la Gastronomie...

Lors, Mado, contre toute attente, parle.

Oui, parfaitement, elle s'exprime vocalement.

Et sais-tu ce qu'elle profère?

— Je m'en fous de tes clés d'or, tu pourras te les
foutre dans le cul, pauvre pomme!

Très nettement, en mettant parfaitement l'accent tonique là où c'est nécessaire et en respectant la ponctuation, chose que seuls les acupuncteurs réussissent.

Elle se lève en geignant car elle a la Volga en flammes, ma tourterelle.

— Je pars avec lui! elle déclare tout net.

— C'est pas vrai! il clafouille, le malheureux. Mado, voyons. J'allais faire une mousse d'anguille que tu raffoles tellement!

— M'en fous, de ta mousse d'anguille...

Elle explique :

— Tu te rends compte qu'il m'a baisée jusqu'à ce qu'en évanouisse, Moulfol? J'ai joui consciemment douze fois, ensuite, j'sais plus.

— Oui, c'est beaucoup, admet le vaincu.

— Et puis, c'est pas tout, poursuit l'impitoyable, il est monté pour. Toi, ton zizi est tout nerveux, tout grenu comme de la saucisse d'Auvergne...

— C'est pas ma faute, plaide le pauvre époux. Je faisais de mon mieux avec.

— Je te dis pas, Moulfol, mais y'a rien de comparable...

Le bergiste baisse la tête, accablé par ce coup du destin. Vaincu et l'admettant. Les testicules en berne.

— Mado, tu ne vas pas me quitter, dis? larmoie-t-il.

— C'est la vie, que répond ma conquête.

Drôlement féroces, les nanas, quand elles n'aiment plus. Des couperets à cisailler le bonheur. Elles te hachent menu la félicité d'un bonhomme. Ne veulent rien savoir de ses chagrins, détresses, agonies de l'âme. Fini finito, te l'évacuent tel un tampon changé. Qu'il crève! Y'en a qui crèvent. J'en sais. N'ai connus. Le guignol : poum! Qui craquait de désespoir. Elles s'en foutent. Pourvu que l'autre soit bien bandant, en forme, dans des douilletteries propices.

La Moulfol se tourne vers moi.

— On part tout de suite ou si vous préférez déjeuner d'abord ? Il va faire une mousse d'anguille, c'est sa spécialité.

Je l'imagine à mon côté dans l'existence, Mado. Me pointant chez nous, Maman, avec ce tas pareil à la graisse d'un confit d'oie. La stupeur à Félicie, Seigneur ! Et puis moi débarquant dans des endroits que je fréquente, du genre intellectuels-débonnaires. Cet éberluement général !

Elle m'excite dans son contexte, cette bonne truie. N'en est pas dissociable. Qu'autrement, ça devient plus rien, en très lamentable.

— Ma petite Mado, dis-je, vous n'avez pas le droit de quitter votre mari, qui est un homme de bien, plein de talent, un maître-queux hors ligne...

— Vous pouvez pas comparer avec la vôtre, elle décrète.

— Sur le point d'obtenir les clés d'or de la gastro-entérite ! coupé-je. L'une des plus grandes toques de France, qu'on dirait la cheminée d'un paquebot grec. Non, non, ma jolie. Vous vous devez à lui, unis que vous fûtes par les sacrés liens du mariage. Songez à vos enfants.

— On n'en n'a point !

— A ceux que vous aurez !

— Je peux pas t'en avoir.

— Alors songez à ceux que vous auriez pu avoir. Ils vous crient, du fond de leurs limbes, ces chers innocents : « Maman, maman, n'abandonne pas papa ! »

— Je peux plus me passer de vous, éclate-en-sanglots Mado.

La chérie ! L'adorable ! L'exaltante ! O, ces mots, comme ils musiquent mélodieusement à mes oreilles.

Elle ne peut plus se passer de moi! Aveu divin. Source
d'énergie détonante. Mado, si bellissime, avec sa peau
molle, ses points noirs, ses yeux d'un crétinisme
éperdu. La troublante, la flasque!

Lors, le mari intervient, timide, mouillé d'amour,
frileux d'espoir.

— Mado, monsieur le commissaire passera te voir
ici, n'est-ce pas, monsieur le commissaire? Même, il
pourrait coucher avec toi, mes jours de halles, moi je
dormirais dans une autre chambre, déranger personne vu l'heure que je me lève...

Quel grand cœur bat dans la poitrine foutrique de
ce grand con!

— T'accepterais? demande Mado, prête à un
compromis.

— Mais j'insiste, Mado. J'insiste. Monsieur le
commissaire, vous qu'êtes un homme de bon sens,
qu'avez la tête sur les épaules...

— Et une bite comme ça, brandit-l'avant-bras
Mado.

— Et une bite comme elle dit, consent à inclure
Moulfol; vous ne pensez pas que cet arrangement
conviendrait à tout le monde? Bien entendu, je ne
vous compterais pas la chambre ni le petit déjeuner;
vous auriez juste votre dîner avant de monter dormir.

— Si tu crois qu'il viendra pour dormir! place ma
bouleversante maîtresse.

L'homme toussote et se détourne.

Je regarde ma partenaire. Une gigantesque envie
de lui faire rebelote me point. Un vrai mystère! Je ne
vais pas pouvoir attendre plusieurs jours, moi. Oh! là
là que non.

— C'est à envisager, certes, admets-je, mais si
vous le permettez, cher ami, je vais en discuter avec
Mado pendant que vous allez confectionner votre
matelote d'anguille.

— Ce n'est pas une matelote, mais une mousse, rectifie le cuisinier. Autrement délicat à préparer.

Il s'en va. On l'entend fredonner dans l'escalier. Je remets le verrou.

— Regarde, dis-je à Mado en lui désignant mon métronome à frifri, c'est mon chant du coq!

Et tout recommence.

***

— Vous ne voulez pas un petit Meursault avec la mousse? demande Moulfol à voix basse, car je suis installé au téléphone.

— Non, non, du Bourgueil! C'est le sang de la France.

Il hoche la tête, impressionné par cette formule tricolore.

Ça carillonne à la maison. Enfin, Maman décroche, essoufflée.

— C'est toi. Je t'ai fait attendre, mais figure-toi que je ne parviens pas à ouvrir la porte des toilettes au rez-de-chaussée, comme si elle était fermée de l'intérieur.

— Elle l'est, Maman. Pinaud y roupille depuis hier soir.

— Monsieur Pinaud! Mon Dieu, il ne serait pas malade?

— Non, non, il dort. Il finira bien par sortir. Utilisez les tartisses du premier en attendant qu'il quitte sa chambrette. A part ça, quoi de neuf?

Comme si je ne le savais pas, ce qu'il y a de neuf. Il y a de neuf le Vieux, pardine. Et M'man me relate le coup de turlu incendiaire qu'elle vient d'essuyer, la pauvre choute, comme quoi je suis banni à tout jamais, expulsé de la rousse, excommunié. Quand il ne m'a point vu dans son antichambre, à dix plombes, aussitôt il a prévenu qui de droit. Sanctions

disciplinaires au plus grave niveau. Fini, Santonio.
Trop individualiste. Son s'enfoutisme est un mauvais
exemple, pernicieux à outrance au moment où les
poulagas descendent monomer dans la rue, avec des
pancartes revendicateuses.

— Il m'a laissé un numéro où il te sera possible de
le joindre avant midi, annonce ma chère Félicie pour
conclure. Tu devrais peut-être lui lancer un petit
coup de fil, non?

Ce conseil, par esprit de devoir. Pour mon
standinge professionnel, que sinon, elle en rêve, je te
dis, de ma mise à pince, Maman. Mais elle sait bien,
dans son for intérieur, que ça ne se produira jamais.

— Je vais le noter, dis-je pour la rassurer.

Et de sortir mon porte-cartes plein de petits bouts
de papelards portant des notes, des adresses, des
réflexions; menus fafs dont je ne me ressers jamais.

Que j'évacue lorsque je juge mon larfouillet trop
rebondi.

Elle me dicte un numéro de Passy. Je griffonne
distraitement. Distraitement car mon regard toujours
à l'affût s'est posé sur une tache jaunasse-verdâtre
qui s'inscrit à travers le plastique transparent du
porte-brême. Il s'agit d'un billet de cinq cents pions.
Mais pas d'un billet courant, un faux talbin que j'ai
conservé en souvenir d'une enquête sur une affure de
fausse mornifle. Je le garde comme on laisse traîner
un gadget sur un meuble, sans se décider à l'évacuer
par le vide-ordures. Et bon, pendant que ma douce
mère m'articule le numéro de raccroc du Dabe, une
idée me télescope la coiffe; une très choucarde idée,
un poil rocambolesque, mais pas trop, compte tenu
du participant auquel je veux l'appliquer.

Et plus je me la distille, plus je la juge intéressante,
susceptible de porter des fruits.

Maman me lance vivement qu'elle entend la chasse
d'eau de nos chiottezings du bas. J'espère que la

Membrure ne s'est pas suicidée par trombe d'eau?
Tu l'imagines, l'épave, engouffrant le syphon des
toilettes et s'abîmant corps et montre dans les
tuyauteries jusqu'à la fosse à merde? Sa fin excré-
mentielle, César. Troumf! Un colombin de mieux. Ici
dépose César Pinaud, poulet de métier, ami fidèle,
baderne de naissance...

Je raccroche.

Mon déjeuner est servi par un Moulfol aux petits
soins, frémissant comme un chiot. Que sa dame a
exigé de bouffer en tête-à-tête avec moi (en anglais :
with me). Et c'est ma pomme qu'elle dévore du regard.
Le traumatisme intégral. Je la fais devenir chèvre,
cette vachasse. Tout commence et tout fini par le
fion, ici-bas, le reste n'est que littérature de branleur.

Je clappe d'appétit, malmené par mes prouesses
plumardières. Alfa, c'est les chevaux de feu, moi c'est
le piston incandescent. Va falloir que je me l'enveloppe dans de la mousse carbonique, miss Coquette,
sinon elle va s'éplucher comme une banane.

A propos de mousse, celle d'anguille est succu-
lente. C'est pas un bon baiseur, Moulfol, mais il
s'exprime beaucoup mieux au piano qu'au dodo. Les
clés d'or, je pense pas, mais il l'aura sa toque et sa
petite étoile, un jour bientôt.

— A quoi t'est-ce vous pensez? me demande
Mado, enamourée, à nous deux?

— Gagné! Vous continuez?

En fait, je pense à mon faf de cinq cents points de
la très sainte farce.

Je sais comment l'utiliser, mais c'est la suite des
événements que j'aimerais mettre au point.

Je me dresse comme un diable de sa boîte, une bite
d'une braguette ou comme tout ce qu'il te fera plaisir
de vouloir, merde, je ne vais user mon temps en
métaphores de concierge en chômedu, non!

— Vous allez où est-ce? demande Mado.

— Mettre ma montre à l'heure.

— Faisez vite, parce qu'on va nous servir le poulet au vinaigre.

— Considérez que je suis déjà de retour, ma tendre maîtresse, réponds-je, en la voussoyant pour la commodité du service et en l'appelant « maîtresse » pour faciliter celle de nos transports en commun. Si drôlement dégueulasses, moi je te le dis ; parce qu'une limerie pareille, c'est tunique dans les anus.

En trombant, je fonce à la recherche de Mister Tournelle, dit Riri.

Il est occupé à fendre des bûches sous l'hangar, vu que Moulfol est un cuisinier formé à l'ancienne école et qu'il prépare sa tortore au feu de bois.

Me voyant radiner, il prend une mine tout enchifrognée. Je ne lui présage rien de fameux.

— Riri, dis-je, une chose me turlupine dont j'aimerais avoir le cœur net. Tu veux bien, je te prie, me montrer à nouveau ton magot ? Il s'agit simplement d'y jeter un coup d'œil.

Le gars renifle des choses, plante sa hache dans le billot avec presque autant de satisfaction que si c'était dans mon crâne et m'emmène chez lui.

Détail amusant : il a changé de cachette maintenant que je connaissais la précédente. Maintenant, son auber est punaisé sous la table. Bon, il va devoir se mettre la cervelle en pas de vis pour dégauchir une troisième astuce.

J'ouvre son enveloppe, tire un talbin d'une liasse et m'approche de la fenêtre histoire de le mirer en transparence.

— Mouais, mouais, mouais, soliloqué-je (à l'économie, ça, j'en conviens). Mouais, mouais, mouais, c'est bien ce que je pensais...

Tu le verrais fondre comme une bougie de boîte de

nuit, le gus! On dirait que sa frime s'allonge de dix
bons centimètres.

— Quoi! Quoi! Quoi! il lance en ouvrant grand
son bec.

Les corbeaux sont dans la plaine!

— Les deux types t'ont possédé, mon pauvre
Riton.

— Possédé?

— Ils t'ont payé avec de faux billets.

Il est tellement décomposé, ce chéri, que sa bouille
ressemble à une tête de mort. Tu peux lui compter les
chailles à travers ses lèvres.

— Tout à l'heure, j'ai eu une curieuse impression
en voyant tes talbins, mon grand. Et puis ensuite je
me suis mis à réfléchir. Des anomalies me sont
apparues en mémoire. Attends, bouge pas, tu vas
piger.

Je tire mon porte-lasagne et sors le billet bidon cité
quelques merveilleuses pages plus haut, à peine.

— Tiens, fils, si tu n'as pas de la terrine de lièvre
en guise de cervelle, compare et comprends. Sur
l'avers et sur l'envers du billet il y a des églises. Sur
l'église de l'envers, on peut voir un clocher dont
l'horloge indique l'heure, tu aperçois bien?

— Voui.

— Ta vue est bonne, fiston?

— Moui.

— Alors il est quelle heure à tes billets, à toi?

— Dix heures, il me semble?

— A moi aussi, il me semble. Et il est quelle heure
au mien, gros malin?

Il exorbite des coquilles.

— Neuf heures vingt, non?

— Oui, mon grand. Et attends, ce n'est pas tout.
Sur la partie face, on distingue, dans le lointain, tout
à fait sur la droite, une petite maison au toit noir. La
maison de mon faf comporte six fenêtres; sur les

tiens, elle en possède huit! De plus tu peux te rendre compte, en le comparant de façon très serrée, que la couleur diffère un brin. Le jaune de tes talbins est plus pisseux que le jaune du vrai, t'es d'ac?

— Zoui.

Voilà, terminé, vaincu, ruiné, out.

Je récupère mon faf. D'un geste dérisoire, je brouille les siens, comme un jeu de cartes.

— Tu sais ce que je ferais, à ta place? J'en tapisserais mes chiottes, ce serait marrant, non? Surtout, n'essaie pas de les écouler, tu te ferais poirer et tu sais ce qu'il en coûte? Lis le texte, là, concernant l'article 139 du Code Pénal : réclusion criminelle à perpétuité! Tu sais que c'est longuet, perpète. T'as beau compter les jours, les années, y'en a toujours davantage derrière!

Riri se laisse tomber sur la chaise la plus dépaillée. On sent que son existence vient de s'infléchir du côté du précipice.

Je lui tapote l'épaule.

— Ils t'ont eu, mon vieux lapin. Comme quoi, tu le constates : quai Malaquais ne professe magie. N'empêche qu'il est con que tu ne possèdes pas l'adresse de tes deux vilains guignols, t'aurais eu deux mots à leur dire, non?

***

— Le poulet au vinaigre est sur table! m'avertit charitablement Mado Moulfol, laquelle vient de clapper les deux pilons en m'espérant.

Elle se sert une aile afin de fêter ma venue.

Je dépose un bisou fripon sur sa nuque en peau d'andouille.

— Impossible de déguster, ma chérie, une affaire de la plus haute importance m'appelle à Paris, je viens d'en être informé à l'instant.

— Mais y'a pas eu de téléphone pour vous!

Je sors d'une poche ma petite calculatrice réclame, offerte par une maison de débigornage.

— Je suis relié à mon P.C. par modulation de fréquentation.

— Ah, non. On n'arrête pas le...

— Non, confirmé-je, il va trop vite.

Pendant qu'elle m'admire, je fonce au bignou, fais mine de turluter, et entreprends de le détériorer, en diffasant l'incommodeur de blennorageance.

Bon, ils seront sans turlu aujourd'hui, les Moulfol's. Déjà que les clients sont rares, en cette saison... Mais tous les moyeux sont blonds pour aviver sa faim.

Re-bise à la patronne, compliments réitérés au patron. Je lui dis ma navrance de ne pouvoir déguster son poulet au vinaigre, ce sera pour la prochaine fois. Je promets de revenir bientôt.

FIN IMMINENTE,
INÉLUCTABLE ET DÉFINITIVE

Ma radio joue en sardine.

Un ancien succès de la Grande Piaf : *Alka Seltzer l'Amour* (1). Je suis délicatement embusqué dans la venelle dépavée jouxtant l'église de La Celle-Tontaine. Depuis ma planque, il m'est loisible d'observer les allées et les venues du bureau de poste (en anglais : the burlingue of the post).

Moi, tu sais pas? C'est le pressentiment qui me mène toujours. En enquête je suis branché sur le compteur bleu de mon instinct. Y'a qu'à lui filocher le train, il me guide toujours sur les chemins de Magloire et de l'honneur.

Or, donc, j'attends au volant de ma chignole en dégustant les piaferies de jadis. Elles deviennent folkloriques à mesure que le temps s'en va. Tout se transforme. Que j'en reste perplexe au sujet d'à propos de moi, me demandant dans combien de temps ils seront devenus franchement illisibles mes

(1) Il est curieux de constater que San-Antonio fait une espèce de dyslexie littéraire, par instants, qui le conduit à remplacer certains mots par d'autres n'ayant pas le même sens, mais une analogie de consonance. Un psychanalyste consulté nous a fait observer que ces troubles se produisaient principalement en fin d'ouvrages. *L'Editeur.*

graffiti? L'à partir de quand t'est-ce ils feront figure de hiéroglyphes en admettant que ça ne soit pas, déjà! des textes anciens à déchiffrer par un quelconque universitaire en mal de momies.

Tout se périme si vitement, inexorablement... L'espace d'une pirouette, d'un coup tiré, d'un livre écrit...

Donc, j'attends, La Piaf finit son zinzin en assurant que « Ça sert à ça, l'amour ». Très bien. Lui succède une rafale de pubes affirmant bien fort, bien net, irréfutablement, que les produits Machin, Truc, Chose et Dunœud sont les plus ceci, les plus cela, et les plus tout court. Bravo. J'en achèterai. Mon sub' est contaminé. Le moment venu, je tendrai la main vers le rayon voulu. Je l'ai eu profond, dans la cervelle. Pas à regimber; c'est fait, le viol est consommé. Vouloir se détourner de la trajectoire programmée équivaudrait à contourner l'objectif avant que de s'y emplâtrer, plaouff! Poum! Après la pube, y'a un gonzier interrogé. Toujours, partout, t'as l'invité du jour, que dis-je! de l'heure. Le mec connu. Ce qu'il aime ou pas; ses projets, boutades. La lyre. Tout le chenil! Et alors, comme cui d'avant, comme cui d'après, il vient complaire, cet homme. Se dire franchement, à bloc, du plus haut intérêt! Que, si t'as remarqué, de nos jours, les mouches ne peuvent plus s'asseoir tellement qu'on les encule et re-cule, ces pauvres bêtes. T'en vois, toi, des mouches assises? Réponds? Moi, never! Des années de téloche leur ont pourfendu le fion, le leur a défoncé mochement. L'enculade de mouches a pris des proportions fabuleuses. C'est de l'automatisme, quasiment. Enculer les mouches va de soi. T'as pas le temps de rentrer ton zob; et une autre encore, bzzz, bzzz!

Je ferme la clappouille du gus, un humoriste sur le déclin, qui décline en s'esclaffant le verbe avoir été.

Le silence me fait du bien. Je pense à la Mado.

Déjà elle me manque, cette abrutie calamiteuse. Si je m'écoutais, je retournerais la fourrer à la langoureuse.

Mes flûtes s'ankylosent. Combien de temps que je poireaute ainsi, sans remuer? Deux, trois heures? Le soleil pâle a vadrouillé dans les zéniths et les ombres drapent leurs jupes sombres autour des façades du village, des quatre arbres de la placette où une fontaine gouline à petits jaillissements contrariés par le vent.

Et puis il se pointe enfin, Machin, exactement comme je l'avais prévu. A croire que je « voyais » la scène. Lui, sur un vieux vélo noir, pédalant mal, en homme pas habitué. La jambe droite de son pantalon remontée à cause de la chaîne. Oui : je l'ai déjà vu désenfourcher la bécane, la poser contre le mur jaunasse du bureau de poste et pénétrer dans le bâtiment.

Je descends de ma guinde, les jambes raidies par l'immobilité prolongée. Me dirige vers la poste. Elle n'est pas très grande. Des fenêtres protégées de barreaux. Une porte vitrée de verre dépoli pour être honnête. Je coule un z'œillard par l'une des fenêtres. Riri est au guichet, qui demande sa communication. Son dos est agité de spasmes nerveux. Il grouille de rage, le grand fifils à Marie Tournelle. La postière lui fait un signe et il se précipite dans la cabine. Le moment est venu pour le fameux Santantonio de pénétrer à son tour. Entrée du gladiateur! Sur un pupitre de plastique bleu, une vieille veuve pensionnée de peu rédige un mandat-carte de versement. La postière que j'avais crue est en réalité un jeune postier blond, à longs tifs dans une blouse bleue.

Il remplit un formulaire d'un air aussi important que notre Président lorsqu'il signe une déclaration de guerre à l'Uèressessse.

Je passe ma vaillante carte professionnelle par le

guichet, de manière à la lui flanquer sous le blair(1).
L'homme a un geste de recul. Probable qu'il croit à
un hold-up. Mon sourire miséricordieux le rassure.
Alors il regarde ma brème et, pour lors, se fait doux
comme de la peau de couille.

— Quel numéro de téléphone vient de vous
demander le type de la cabine?

Il me dit.

Est-ce une surprise pour moi?

Rien n'est surprenant pour un flic survolté par son
instinct. Fallait bien que ça s'emboîte, non?

Je m'approche de la cabine pour écouter discourir
mon gars. Il exprime d'une voix sourde mais âpre.
Résolue, quoi! En homme sans grands moyens mais
qui entend se servir de ceux qu'il possède.

— Tout ce que vous me racontez, c'est du
boniment! dit-il. Mais je ne me laisserai pas faire. Et
vous avez tort de le prendre comme ça. Je veux mon
dû, un point c'est tout. Puisque vous prétendez que
ces billets sont vrais, vous n'avez qu'à me les
échanger contre d'autres qui marquent 9 heures
vingt! Quoi, de la rigolade? Non, c'est pas de la
rigolade! J'ai vu la différence, de mes yeux vu! Si
vous cherchez à me posséder, prenez garde : je dirai
tout, tout, vous m'entendez? Alors quand c'est que je
vais avoir mon argent? Ce soir? Vous savez où se
trouve l'*Auberge?* Vous viendrez dîner? Bon. Moi,
ma chambre, c'est près du hangar aux voitures, je
laisserai éclairé et je vous attendrai. Oui, oui, je vous
rendrai vos autres billets, soyez tranquille. Mais cette
fois, ne me jouez pas de tour, parce que sinon c'est
moi qui vous aurai au virage.

Je n'attends pas plus et m'esbigne après avoir
adressé un signe au postier pour lui intimer de ne pas
moufter.

---

(1) Usons des mots d'argot périmés, parfois, ils le méritent.

***

— C'est bon que tu es revenu, elle me déclare, Mado, toute en pâmade. Je le sens bien que moi et toi, nous deux, c'est le grand amour, comme Yves Mourousi et Mireille Mathieu que j'ai lu dans *Ici Paris*.

Je lui fais boucler sa déconnance d'un baiser ardent.

La rebesogne.

Toujours cette même furia inexplicable. Faudra que j'aille causer de la chose à un pote toubib, qui fait dans le neuro sans être tout à fait dingue. Peut-être qu'il aura une hypothèse à me proposer concernant ce cas stupéfiant d'un surdoué amoureux d'une huître. Avant le dîner, Moulfol vient toquer à la porte de notre chambre, demander si je souhaite quelque chose de particulier pour jaffer. Je lui réponds que je laisse la chose à son initiative, mais que j'entends manger dans la chambre, donc qu'il prévoie pas trop de mets à grand spectacle, réclamant d'être flambés au dernier moment par exemple, ou qu'une promenade dans les couloirs perturberait, tel qu'un soufflé. Il dit qu'il va s'inségénier.

Et alors bon, je lime en attendant la venue de la personne arraisonnée par Henri Tournelle.

Vers huit plombes, une bagnole s'arrête à promiscuité. Je vais soulever le rideau. C'est bien qui j'escomptais. Je fais signe à ma tendre amie dont la mine défaite témoigne de l'intensité de mes assauts.

— Viens ici, ma fée.

Elle.

— Tu vois cette personne? Dès qu'elle demandera l'addition, tu viendras me prévenir.

— Comment, proteste doucement cette surmenée du baigneur, je reste pas avec toi ici?

— Non, bel amour : ta place est à la caisse, ce haut-lieu du commerce en général et de la restauration en particulier. Retourne dans ta nef, chère âme. Embarque-z'y comme en une nacelle et bloque ton tiroir-caisse de ce ventre si lisse que j'y pourrais affûter les carres de mes skis. Ton sexe a droit à des rémissions, ma jolie. Les pommades ne sont que des palliatifs. Il faut savoir s'interrompre avant l'incandescence. Va, te dis-je, ô femme qui sert de réceptacle à ma folie érotique.

Ainsi dit.

Un sidi en scie dix.

Elle enfuit bientôt vers le devoir.

Je me mets alors en quête de quelque lecture pour éluder le temps à passer ici.

Finis par dénicher, dans une table de nuit, sous une poire à injection de l'Académie Française, un fort honnête roman de M. Pierre Benoît, de la Pharmacie Principale (Cours Jehanne d'Arc, Orléans). Ça intitule la *Châtaigne du lit blanc* (1). Et ça raconte comme quoi un homme et une femme s'aiment, mais que ça ne va pas tout seul.

Heureusement, Moulfol me tire d'embarras avec un immense plateau bien lesté. Il n'a pas oublié la bouteille de Bouvreuil, cet indulgent mari.

Ne me reste que d'attendre...

Encore.

Toujours.

La vie (en anglais : the life).

Etrange situasse, à la vérité.

Deviendrais-je viceloque en prenant quelque carat ? Parce qu'enfin, point ne m'était besoin d'attendre le soir pour intervenir. J'aurais pu alpaguer le curieux Riri au sortir de la cabine et l'embarquer d'autor

---

(1) Qu'est-ce qu'on vous disait! Sur la fin, San-A. médule. Très certainement il voulait parler de *La Châtelaine du Liban*.

avec moi chez la personne qu'il houspillait. Mais non, voilà que je joue les chats ronronneurs, finasseurs. Je prends mon temps. Je tends des collets.

Et pendant ce temps, le Vieux rue dans les brancards de son téléphone.

M'en fous. Je mène ma vie à ma guise, comme disait le duc du même nom.

En attendant d'attendre, c'est la vie de château chez le bon Moulfol. Je profite de sa dame et de sa cuisine avec une impudeur qui me laisse tu sais comment? Pantois! Pends-toi, si ne me crois!

J'ai clapoté le dessert et j'aborde la page 84 de la *Châtaigne du lit blanc* lorsque Mado se pointe en quatrième vitesse. Elle suinte de bonheur. Il y a comme des gouttelettes de suif sur les ailes de son nez. Les pores en sont aussi dilatés que les porcs qu'on voit dans des ports. Jamais sa peau ne fut plus grisâtre ni plus rugueuse. Jamais son insignifiance ne culmina à ce point. J'en ai le vertige, le tournis. Je torticole des cervicales. Elle me sourit : dents jaunes, haleine sédentaire.

— Ça y est, mon chéri, y vient de demander l'addition. Je lu ai dit que j'allais y faire tout de suite, et me voilà.

Je lui file une main enfourneuse, pour la récompenser, y peloter la mollusque, vite fait, manière d'exprimer la pérennité de mon sentiment pour elle et ses dérivés.

Me dresse. En chasse! On va sonner l'hallali. Faire charger la garde impériale! Finir d'éluder. Qu'ensuite je pourrai me présenter devant le courroux du Vieux, la tête basse, mais l'esprit en repos.

— Presse-toi pas, qu'elle fait, en me voyant bouillonner, y ne peut pas partir avant son addition.

— Alors, va la lui faire, ma douce colombe, et n'omets pas de lui compter le service.

Nous nous séparons sur un roulé boulé dans son

corsage plein de nichons flasques et lisses comme de
la toile abrasive. Quel enchantement! Jamais plus ne
l'oublierai, Mado Moulfol, si dodûment grise en son
insignifiance souveraine, déesse neutre et fade,
suprêmement là dans son inexistance; femme avariée
à varier l'ordinaire de mes enfilades si trop souvent
consacrées à de resplendissantes créatures.

Au revoir, instant d'exception! Ou, qui sait?
Adieu, peut-être... Nous sommes si fantasques et
capricieux, les hommes; bandants de-ci, débandants
de-là, parfois pour les mêmes raisons, emportés que
nous sommes (en anglais : we are) par le mystère de
l'instant. Je fonce m'embusquer sous la remise après
avoir contourné les bâtiments pour ne point signaler
ma présence à Riri dont je devine les aguets. T'ai-je
dit qu'au retour du bourg j'ai remisé ma chiotte dans
un chemin creux des environs? Non, n'est-ce pas,
j'avais omis? Eh bien, te l'apprends *in extremis,*
avant qu'on ferme.

Nouvelle et dernière attente. Jubilante. Le pied! Je
tourne au chat vicieux, te dis-je. Me pourlèche de
sentir mes souris à portée de griffes. Le couvercle va
être remis sur la marmite infernale de l'affaire
Bruyère-Empot. Ainsi la Gatha Christine verrouil-
lait-elle ses intrigues. Je m'inspire de cette puissante
écrivaine. Je suis un enfant Gatha. Gatha Christine.
Vieille rombière des lettres polardes; et anglaise,
naturellement! Tu penses qu'elle allait pas rater ça, la
Marie Bizarre!

Une dizaine de minutes s'écoulent avant que
survienne la personne attendue.

Admire mon savoir-faire, l'ami. Ma métrite de
romancier qui emploie le mot « personne »(1) à
dessein, afin de ne pas te révéler le sexe de celui ou

---

(1) D'origine étrusque.

celle qui est en cause. Elle pratiquait ainsi, la vieille, tu crois?

Donc, la personne survient, comme pour regagner sa voiture. Là-haut, à la fenêtre, une silhouette veille.

— Par ici! chuchote une voix, en faisant siffler le « ici », telle une lanière de fouet maniée par un roulier.

La personne oblique vers la construction et grimpe l'escalier de bois. Un rectangle de lumière pâle bascule sur le palier extérieur. Il n'y a pas de saluts d'échangés. Les deux créatures pénètrent dans la piaule à Riri.

L'Antonio, ni une, ni deux, ni trois, ni quatre, ni cinq, etc... Il ôte ses pompes (mocassins Jourdan de toute beauté, aussi souples qu'italiens) et se met à gravir les marches en posant ses pinceaux le plus près possible du limon pour ne point faire grincer les marches.

Me voici tout contre la lourde.

Dès lors, le dialogue ci-joint se faufile en mon ouïe exercée :

— Je vous donne ma parole que ces billets sont authentiques. Tenez, je suis allé en retirer de nouveaux à la banque dont vous pouvez voir le cachet sur la bande entourant la liasse, et ils sont tout à fait pareils!

— Ils ne marquent pas neuf heures vingt!

— Mais où diantre avez-vous pris cette histoire de clocher!

— J'ai comparé avec un vrai, je vous dis.

— Il provenait d'où, ce soi-disant vrai?

— Oh, cherchez pas à m'enduire(1) en erreur : il s'agissait bien d'un vrai vrai, à preuve, c'est un

---

(1) Le sieur Tournelle a dit « induire », c'est San-Antonio qui le trahit bassement en remplaçant induire par enduire. Note de Service.

commissaire de police qui me l'a prêté. Vous n'allez pas contester un commissaire de police!

Alors là, le silence qui suit n'est ni de Mozart, ni consécutif à l'Appel aux Morts. C'est le silence aigu de quelqu'un d'atterré qui, d'emblée, sent combien la situation est moche moche avant même que de l'analyser.

Puis, d'un ton changé, un tantinet défaillant, la voix murmure :

— Vous avez montré vos billets à un commissaire de police?

— Oui, mais rassurez-vous, j'ai inventé à propos de qui me les a remis.

Entre moi soit dit, je commence à avoir froid aux ripatons. Félicie dit toujours que c'est par les pieds qu'on s'enrhume, voilà pourquoi, sans doute, tant et tant de mes confrères éternuent en écrivant. La fraîche commençant à me picouiller le tarin(1) virgule, je me décide donc à pénétrer, point à la ligne (et bientôt pêche à la ligne).

— Je sens que je ne suis pas de trop, fais-je, mais sans grandiloquer, en homme ferme, courtois et plein de son sujet.

Les deux personnes me volte-facent. Riri a les yeux comme deux vieux fanaux de chemin de fer, qu'on en trouve encore chez les brocanteurs et dans les maisons de cadeaux, ce haut-lieu de la quincaillerie bourgeoiso-universalo-salonarde (2).

Quant à Adolphe de Mouillechaglate (pan, c'est lâché), il devient raide comme : la Justice de Berne, un passe-lacet, un piquet, un horse-guard, mon zob, celle-là (car on dit toujours : elle est raide, celle-là!).

_____

(1) Autre synonyme suranné de nez, que j'ai à cœur de remettre en circulation, vu que c'est dans les vieux tarins qu'on fourre les meilleures prises.
(2) Tu peux écrire salonarde avec deux « n », mais moi j'ai choisi de n'en mettre qu'un pour économiser le papier.

Le piège! Depuis une poignée de secondes, il l'a flairé. D'où son silence angoissé.

— Heureux de vous revoir, mon cher, dis-je en refermant gracieusement la porte d'un coup de talon.

Et je vais m'asseoir sur l'humble couche de Riri.

Le grand vilain n'a pas bougé, si bien qu'à présent, il me fait dos (on dit bien faire face).

Dos mesquin, je trouve. Dos sans intérêt, antipathique prétends-je même.

— Riri, fais-je en lui souriant pour l'empêcher d'évanouir ou de refoutre son camp comme à notre first (en français : première) rencontre; Riri, ton drame c'est que tu es trop intelligent pour être vraiment con, mais beaucoup trop con pour pouvoir faire semblant d'être intelligent. Veux-tu que je te dise? Tu m'émeus! Je trouve attendrissant que tu n'aies pu inventer vraiment ces deux hommes mystérieux venus t'acheter le document du comte. Il t'était loisible de donner d'eux un signalement imaginaire, mais l'imaginaire t'échappe. Tu as besoin de concret pour t'accomplir. Alors tu as brossé le signalement — admirablement détaillé, je l'admets — de deux acteurs vus naguère à la téloche dans un film à succès. Grand gosse! Autre chose, mon lapin des champs, autre chose, ta candeur renouvelée pour me montrer ton magot. Je t'ai demandé si les deux hommes te l'avaient remis sous cet emballage, et tu t'es empressé de me répondre que oui, alors que les billets étaient enveloppés dans une page du *Magazine des Lettres* datant de mars 1976. De plus, l'élastique le maintenant fermé est complètement usé. Et enfin, suprêmeté de ta candeur, mignon connard : mordre à mon astuce du faux billet qu'un môme d'épicier de cinq ans te refuserait!

Je sors mon porte-cartes.

— Tiens, je vais te le laisser, en souvenir. Dis-toi désormais que neuf heures vingt, ce n'est pas une

heure pour les billets de cinq cents balles; les vrais
sont des billets de onze heures, comme il y a des
bouillons de cette heure-là.

Un temps.

Le vieux greffier, je te dis. Il déguste, Auguste. J'ai
le triomphe bavard. Je grandiloque intérieurement.
Voudrais m'exprimer en alexandrins hugoliens.

— Monsieur de Mouillechaglate, si vous voulez
bien me confier votre regard, je vous le restituerai
d'ici cinq minutes!

Il se retourne avec humeur.

— Eh bien? il m'à-parti-prend, eh bien, allez-y,
savonnez-moi les oreilles.

— Bigre, que voilà une petite peine pour un si
gros délit.

— Délit, délit!

— Mon cher, la vérité s'exprime avec des mots qui
écorchent les tympans quelquefois. Vous fieriez-vous
au jugement de votre valet de chambre?

Là, il cille d'incompréhension.

— Pourquoi?

— Parce que le vôtre pense que vous êtes l'assassin de Bruyère.

Yayaille, ce sursaut!

— Moi! Un assassin! Moi! Moi? Mais c'est une...
un...

Il suffoque (en anglais : Suffolk).

Puis, il a un cri. Un cri profond, venu d'ailleurs.
Cri d'homme blessé cherchant refuge auprès de qui
vient de le meurtrir.

— Monsieur, me dit il, le croyez-vous vraiment?

Et moi, tu sais pas?

Mais avant, laissons passer une dernière page de
putricité.

Si vous aimez le théâtre...
Et surtout si vous ne l'aimez pas!
Courez voir les spectacles de :

ROBERT HOSSEIN

Le seul metteur en scène capable de faire un triomphe en montant l'Annuaire du téléphone Paris-Banlieue.

Un Robert Hossein vos deux roberts obscènes!

Et moi, tu sais pas?
— Non, lui réponds-je.
C'est beau, hein?

SUITE DE LA FIN

— Non, lui re-réponds-je, non, vous n'êtes pas l'assassin, et cependant, sans le vouloir, vous êtes la cause du meurtre.

— Moi!

— Vous.

— Je...

— Tu, il, nous, vous, ils, achevé-je pour la bonne règle. Avez-vous votre idée quant à l'identité du meurtrier?

— Ma femme?

— Non.

— Alors je donne ma langue au chat.

— Votre épouse en sera ravie. C'est elle qui vous a parlé de ce manuscrit ancien décrypté par Bruyère-Empot?

— Non, c'est lui, un jour que nous déjeunions chez les d'Anqueu de Ploton. Il savait que je m'intéressais, non pas aux langues orientables (1) mais aux antiquités de cette région.

— Et alors?

_____

(1) Là encore : tu penses que Mouillechaglate a dit « orientales », c'est ce con d'Antonio qui continue de déconner! Note de l'Arrêt d'action.

— Je lui ai demandé de me le montrer.

— Il a accepté?

— Naturellement.

— Et puis?

— J'ai été terriblement excité.

— A cause de la découverte qu'il recelait?

Il hoche la tête.

— Dans un sens, oui. Bien que...

— Alors vous vous êtes mis dans la tête de posséder ce manuscrit.

— Hélas, oui.

— Pour ce faire, vous avez soudoyé le bon jeune homme que voici?

— Exact.

— Il a accepté de s'emparer de la chose moyennant la confortable rétribution de cinq millions anciens, seulement il avait peur.

— Oui.

— Alors, pour détourner les éventuels soupçons qui pèseraient sur lui, vous avez imaginé que des hommes mystérieux voulaient négocier l'achat du document avec Bruyère?

— Exact.

— D'où ces coups de fil anonymes chargés d'alarmer le cher comte, lequel, bien entendu, les a envoyés au bain?

— Toujours juste.

— Riri, ici présent, vous a donc donné la chose; vous lui avez remis le fric promis, et le comte s'est cru volé?

— Parfaitement.

— Pourquoi n'a-t-il pas porté plainte?

Là, il est gêné, ce grand dégueulasse. Il baisse la tête, ce qui ne m'empêche pas de lire en lui.

— Mouillechaglate, je suppose que vous l'avez menacé — anonymement bien sûr — de faire éclater un grand scandale à propos de ses relations avec

votre délicieuse épouse? Cet homme d'honneur a
donc renoncé à prévenir la police.

Il n'opine plus, ce vieux triqueur. Pas flambard. Se
rend compte de l'étendue de sa dégueulasserie à
présent que je l'étale sur le fil de la vérité (ce que c'est
bellement dit! Mon bicorne, ça vient, voui? Dutourd,
merde, qu'est-ce que tu fous!).

— C'est cette saloperie qui a causé la mort du
comte, déclaré-je tout de go.

— Co o o mment ça? blablutie-t-il.

— Le photographe de presse qui lui avait remis sa
trouvaille à traduire a voulu la récupérer. Alors le
comte s'est mis à ergoter puisqu'il ne pouvait dire
qu'on la lui avait volée. Il a gagné du temps, mais
l'impatience du garçon montait, montait. Les appels
téléphoniques se faisaient de plus en plus aigres et
comminatoires entre eux. Tant qu'en fin de compte,
pensant que Bruyère voulait l'arnaquer, Léon de
Hurlevon est allé le voir, muni d'une arme à feu
comme on écrit dans les rapports de police. Le comte
lui avait fixé rendez-vous en forêt afin que les éclats
qu'il prévoyait échappassent à ses domestiques. Ce
qui s'est passé alors, entre les deux hommes, on ne le
saura jamais, mon cher Mouillechaglate. Toujours
est-il qu'au cours de cette fâcheuse entrevue, le bon
comte (qui ne faisait pas en l'occurrence les bonzes
amis) fut trucidé. Fou d'épouvante devant sa réaction, Hurlevon s'enfuit sur sa moto de feu et se péta
la gueule dans l'heure qui suivit, ce qui constitue une
fin assez shakespearienne, non?

— Ce sont les meilleures, répond Adolphe. Mon
Dieu, si j'avais su.

Remords tardifs, comme le château du presque
même nom; mais à enregistrer pourtant à toute (ma)
fin utile.

— Et à présent, mon compère, si vous me disiez ce
que recèle ce manuscrit? De quelle découverte jugée

la plus importante après celle du feu et de la roue, il est question sur ce vénérable parchemin?

Mouillechaglate reprend des couleurs.

Réanime d'excitation.

— Un document inestimable, s'exclame-t-il, du plus haut intérêt.

— Eh bien, disez-moi, mon cher, disez-moi!

Il retient pour quelques secondes encore son secret, histoire de le déguster une suprême fois.

— C'est la formule de la poudre à canon, monsieur le commissaire.

ÉPIGLOTTE

— Inadmissible, San-Antonio. J'en suis baba, confus, sans voix. Vous me tuez, mon garçon. Regardez-moi : je suis mort! Plus d'un jour à vous réclamer, vous traquer, vous laisser des messages d'ici de-là, pareil à la feuille morte. Les heures, dans ces cas d'attente, mon pauvre petit! Les secondes qui n'en finissent pas! Et moi, l'œil braqué sur mon téléphone, la main prête, le cœur haltetant. Où étiez-vous, garnement? Déserteur! Une fille, naturellement? Hein? Une petite sauteuse de rien. Avait-elle un beau cul, au moins?

— Mais, monsieur le directeur...

— Non! Ne me dites rien, pas un mot! Ce que vous avez fait, espèce de chat de gouttière, je ne veux pas le savoir. Oh! que non, vos polissonneries, merci bien. Ecoutez, maintenant, parlons sérieusement, c'est urgent. Que dis-je : urgentissime! Une grave affaire, et appelée à avoir un retentissement. Je viens de faire la connaissance d'une exquise jeune fille. De la bonne société, disons-le. Et même de la haute. Créature de rêve. Une peau! Une gorge! Un sexe délectable. Passionnée. Vous savez ce que ça veut dire, passionnée? Quand elle vous noue ses jambes autour du cou, qu'elle roucoule, qu'elle... Mais là n'est pas la question. Cette merveilleuse fille; je répète : mer-veil-leuse, et je mesure mes mots! Si je vous disais que sa chatte a un goût de framboise? Que dites-vous? Vous préférez qu'une chatte ait un goût de chatte! Qu'il est sot! Terre à terre, impoète! Enfin, ce n'est pas votre oignon. Cette ineffable personne, donc, titrée s'il vous plaît, oui, monsieur, avec une vraie particule : d, e : de! a un frère dévoyé, condamné à perpète pour un meurtre qu'il n'a pas commis, elle en est certaine, et c'est pas le genre de fille à être certaine d'une chose qui ne l'est pas. Ce pauvre cher garçon, renonçant à faire éclater son innocence, a voulu en finir avec la vie. Pauvre, pauvre petit. Vous allez immédiatement vous atteler à cette affaire, San-Antonio, la reprendre à zéro, me découvrir le vrai coupable. Immédiatement. Le cher condamné s'appelle Gaspard d'Alacont. D'Alacont, vous vous souviendrez bien? D, particule, Ala, comme le prophète et cont, comme Bérurier, mais avec un « t » à la fin.

FIN

Post-exergue :
Tiens, dit-elle, en ouvrant les rideaux : les voilà!

Victor Hugo

Achevé d'imprimer le 20 avril 1979
sur les presses de l'Imprimerie Bussière
à Saint-Amand (Cher)

— N° d'impression : 466. —
Dépôt légal : 2ᵉ trimestre 1979.
Imprimé en France